Dichosos los que lloran

PREMIO CASA DE LAS AMÉRICAS 2006

EDITORIAL PRIMIGENIOS

ÁNGEL SANTIESTEBAN-PRATS

Dichosos los que lloran

No se puede hablar del cuento cubano del siglo XX sin mencionar el nombre de Ángel Santiesteban.
Amir Valle

PREMIO CASA DE LAS AMÉRICAS 2006

EDITORIAL PRIMIGENIOS

Segunda edición, Miami, 2022

© De los textos: Ángel Santiesteban-Prats
© De los textos de contracubierta:
      Michi Strausfeld, Reinaldo Escobar, Carlos Espinosa Domínguez,
      Abilio Estévez

© Foto del autor cortesía de Camila Acosta

© De la presente edición: Editorial Primigenios
© Del diseño: Eduardo René Casanova Ealo
© De la ilustración de cubierta: Behance
ISBN: 9798843021214

Edita: Editorial Primigenios
Miami, Florida.
Correo electrónico: editorialprimigenios@yahoo.com
Sitio web: https://editorialprimigenios.org

Edición y maquetación: Eduardo René Casanova Ealo

A don Nicolás del Castillo, Lino Figueredo, Delgado,
Juan de Dios Socarrás,
Ramón Rodríguez Álvarez, al negrito Tomás y a tantos otros,
hasta nuestros días: lágrimas negras.
A mi madre también, porque no pudimos evitarle tanto desamparo.

Dolor infinito debía ser el único nombre de estas páginas.

JOSÉ MARTÍ

Dichosos los pobres, los espiritualmente pobres,
...no los suficientes y poderosos.
Dichosos los que lloran, los que sufren,
...no los que triunfan.
Dichosos los que son perseguidos por procurar la justicia,
...no los que procuran la justicia con mano dura.
Dichosos los que trabajan por la Paz,
...no quienes propugnan el odio de clases,
de raza o de religión.
Dichosos los que son perseguidos, calumniados,
...por decir estas cosas y vivirlas.

«No hay patria sin virtud»

Telegrama I

Familia, tengo deudas. Si en la próxima visita no vienen y con dinero, espérenme muerto o apareado.
Los quiere, Leopoldo.

Noche de ronda

Ya habían apagado la luz en la galera. Primero se escuchó un murmullo, una conversación que a veces desaparecía y nos hacía pensar que eran imaginaciones, quizá palabras arrastradas por el viento desde otra compañía o de alguna posta cercana donde los guardias mantienen la vigilia; pero luego se oye un sí, un no, tan impertinentes como cuando un mosquito planea cerca y en la oscuridad tratamos de ubicarlo. Vuelve a escucharse la negación bajo la voz insistente de alguien, es imposible, contesta, no puede ser, y la otra alega que hoy es hoy y no mañana ni después, las deudas son deudas y hay que pagarlas a la hora acordada.

Las literas comienzan a moverse, la gente se despierta, desperezándose del letargo y del cansancio acumulado por el trabajo diario. Todos perciben el peligro como un perro que deambula por la galera y se puede echar debajo de cualquier cama, y están obligados a tomar una actitud defensiva, a convertir las literas en trincheras para evadir cualquier situación que pueda perjudicarlos. Y a pesar de las voces que se escuchan continúa el silencio, ya saben lo que sucede, el olfato delata el llanto de un hombre en celo.

Los dos hombres que hablan no logran entenderse, y las voces se agudizan; reconozco el tono de Oriente exigiendo el préstamo que le había dado al Mulato que llegó a la prisión hace apenas una semana, trasladado de la Cabaña y, confiado en que su familia lo visitaría, decidió pedir fiadas tres cajas de cigarros a pagar cinco; pero nadie vino y Oriente no quiere escuchar los motivos que el otro intenta darle.

Ambos han olvidado que deben respetar el sueño de los demás, que están obligando a cien hombres a poner atención a cada palabra que ellos dicen, a los ruidos que emiten y a los gestos que les imaginan.

Oriente insiste en que no le importan las causas que lo hacen incumplir el pago; no le importa si su familia no recibió el telegrama de aviso; no le importa si los guardias se equivocaron y no le permitieron entrar; ni siquiera acepta la justificación de que su madre ha muerto. Nada en el mundo podrá convencerme de que hoy no debo cobrar. El otro no responde, seguramente pensando cómo escapar del animal que asedia su cama; dice que puede ofrecerle como pago dos sábanas nuevas, pero Oriente se niega; también tiene una toalla, un pantalón nuevo, y Oriente vuelve a negar, las prendas de vestir no lo motivan. El Mulato sugiere que puede aceptar esas cosas como simple ganancia por aplazar el cobro; pero por el silencio de aquel comprende que tampoco le importa. Le propone subir el interés, puede pagarle seis, y Oriente replica que ese sería otro negocio que no me conviene, lo único que sé es que hoy estamos vivos aquí, mañana nadie sabe dónde ni cómo podríamos estar; quizá en una cordillera me envíen hacia otra provincia y ya entonces nunca más volvería a verte... ¿Te imaginas cuánto sufriría si dejo de verte?

Los hombres de la galera fingen dormir, no fuman, no van al baño, no se rascan los güevos ni se sacuden la nariz; nadie quiere, en caso de que suceda algo, que los reeducadores los lleven a la Oficina de Orden Interior para que sirvan de testigos. Parece que tú no quieres entenderme, dice Oriente, si estoy aquí es porque voy a cerrar el trato, si aceptara otra cosa sería más complicado y peligroso, mi negocio es resolverle a los demás y evitarme problemas, no tener que pagar para que te suceda algo desagradable, y menos tener que asumir este problema por honor, no, lo mejor es cerrar el asunto esta noche, ahora mismo. Siete cajas, dice el muchacho y Oriente vuelve a hacer un chasquido. El Mulato, desesperado, sube la suma hasta diez, pero comprende que ninguna oferta lo sacará de aquella situación.

En la galera hay silencio y nadie sabría decir a quién le tocará hablar después de aquel punto clave, sería como un jaque al rey sin defensa. El Mulato dice que lo siente, no me queda otra alternativa que pagarte o que me mates. Vuelve el silencio, ahora más largo, interminable.

Oriente limpia su garganta, intenta calmarse, y con voz pausada le explica al Mulato que la vida en la prisión es muy diferente a cualquier experiencia en la calle, que él podría sacarlo del problema y hasta olvidarse de la deuda, todo no es interés, los hombres tienen que apoyarse porque una mano ayuda a la otra, dice, nadie sabe cómo podrías ayudarme tú..., y después de sus palabras el silencio en la galera es más profundo; pero haz un esfuerzo, continúa Oriente, por asimilar que cuando un hombre lleva ocho años preso olvida los colores, las imágenes se le vuelven borrosas, confunde los olores, ¿me comprendes?, se van olvidando las letras de las canciones que te hicieron feliz y hasta con quién las compartías, los significados varían, y cambian los códigos, ¿puedes entenderme? El Mulato no contesta y Oriente deja escapar su risa fingida, ¡claro, cómo coño me vas a entender si no eres más que un niño al que se le ha perdido el camino a casa! Se escucha un gesto brusco y con palabras exaltadas el Mulato exige que no lo toque. Oriente insiste en que lo entienda, es mejor para ti; pero el otro se tira con rapidez de la cama, se sienten los pies al chocar contra el suelo, le dice que se vaya y lo empuja. Oriente trata de calmarlo. Todos sabemos que no tiene nada de ingenuo y que ya está acostumbrado a estas pruebas de fuerza, y obviamente no fue hasta su cama desarmado, algún plan debe tener. Le advierte que, por su propio bien, mejor se calma y no vuelva a empujarlo. El Mulato continúa gritándole que se vaya. Oriente le riposta que como no quiere entenderlo a las buenas lo logrará a las malas, te aseguro que te va a pesar y preferirás haber conversado conmigo.

De repente, siento otra voz tan cerca que me parece imposible, quizá la tensión y el miedo me hacen escuchar voces interiores, no, no puede ser, luego, cuando vuelve a hablar, reconozco la voz de Maceo, el negro viejo que duerme en la parte baja de mi litera:

–Deja al muchacho, Oriente.

Y un silencio infinito nos corta la respiración.

–Con todo el respeto que usted merece, Titán –responde–, no veo por qué tiene que meter su cuchareta en esto, porque de abogado de los pobres no lo conozco; además, usted es preso viejo y sabe que aquí las noches son para dormir o para espantar los deseos.

Aunque no he sentido sus pasos sé que Oriente está cerca porque percibo el olor a perfume de alguien que sale de conquista.

–De abogado nada –replica Maceo–, los estudios nunca fueron mi fuerte, Oriente, y no me importa para qué cada quien utiliza la noche; pero ese negocio me conviene. En la mañana ven a buscar tus cinco cajas de cigarros; yo cobraré diez en su momento, ya sabes, no tengo apuro, con los años de sentencia que me quedan de seguro moriré aquí sin cumplirla.

Oriente se acerca más a nuestra litera.

–Así y todo no lo veo de su incumbencia, Titán.

–Ya te dije que me conviene, y ahora déjame dormir.

No escucho los pasos de Oriente alejándose, sé que está ahí, inconforme, buscando qué decirle a Maceo, cómo convencerlo para que lo deje continuar con su asedio.

–De todas formas, Titán, las cinco cajas debía haberlas cobrado ayer, hoy es una más.

–No me saques ventajas, Oriente, ya tú lo dijiste, soy preso viejo.

No contesta, pero sé que aún está ahí. Su olor a perfume se mantiene intenso.

–Oiga, Titán –continúa Oriente–, ¿no será que usted se ha convencido de que los años en este encierro le rompen el pecho a uno y que de nada vale sufrir tanto por el qué dirán de la hombría en la calle? Si de todas formas, hasta de la Virgen hablaron.

–Oriente –dice con voz grave–, ¿acaso tengo que volver a explicarte que para mí es simplemente un buen negocio?

–Está bien, Titán, usted gana por esta vez. Supongo que en la próxima me lo permita a mí. En la mañana vengo a cobrarle.

Ahora sí llega el sonido de sus chancletas alejándose.

Me descubro el cuerpo sudado, las manos crispadas, la mandíbula tensa y la respiración entrecortada. Hay un calor en el aire que pesa y quema al respirarlo. Maceo tendrá que cuidarse las espaldas de Oriente que esperará el momento para hacerle pagar su intromisión, con la ventaja de que tiene cuarenta años y el Titán sesenta, aunque esté fuerte como un hombre de cincuenta. Maceo lo sabe, y estará atento como un gato viejo.

La noche vuelve a comenzar para los hombres de la galera, con la diferencia de que ya nadie dormirá. Esperaremos, con la paciencia del preso, que el amanecer entre, como de costumbre, por la ventana.

Sé que mañana en el trabajo estaré agotado, pero por mucho esfuerzo que hago no logro dormir, veo cigarros encendidos y los puntos rojos recorren la oscuridad haciendo figuras. Prefiero que la luz quede encendida toda la noche como hacen en la prisión de La Cabaña. Maceo no ha vuelto a roncar. Luego se mueve, se sienta, mete los pies en las chancletas y se va hacia la cama del recién llegado.

Aunque quiera hablar bajito se escucha su voz atronadora; a veces la del muchacho, pero sin alterarse:

—Estoy cansado, señor. Quiero que me dejen tranquilo. No me he metido con nadie. ¿Por qué tengo que ser yo? ¡Por favor!

La voz de Maceo se hace pausada, y casi no puede oírse, como si le hablara al oído. El joven ya no responde, sólo escucha. Nadie habla.

Después, casi sin hacer ruido, se alejan en dirección a los baños.

Telegrama II

Supongo que el aviso de la visita no llegó a tiempo. No se asusten, deuda saldada. Sigo vivo.

Los sigue queriendo, Leo.

LA CELDA

Es mediodía y nos llevan para la celda de castigo. Nos sacan de este hueco para otro, más pequeño. Cruzamos el patio. Después de tantos meses en la oscuridad de la galera, el sol es una agonía para la piel; primero es un calambre, luego una picazón que crece y nos hace anhelar la sombra. Los pulmones no pueden asimilar tanto oxígeno que de repente se nos viene encima, apenas sabemos respirar y nos agitamos como si fuéramos asmáticos.

El sargento nos apura. Su grito aterra y miramos atrás para asegurarnos de que no nos golpeará. Observo las grietas de los muros que resguardan el castillo: son imposibles de escalar. Tengo deseos de correr hasta sentirme lejos de este lugar; pero veo al soldado que desde lo alto de la muralla nos vigila con su AK, en la punta tiene una bayoneta brillosa. Miro hacia la galera con la misma angustia con que miré mi casa el día que me apresaron, el día que mi familia quedó desolada; descubro a los presos que nos observan atentos, agarrados a los barrotes, algunos burlones, otros compasivos.

El sargento se ha puesto delante para guiarnos y obligarnos a apurar el paso, juega con un bastón de goma como si le estorbara; nos hace saber quién tiene el poder o quiere transmitirnos sus ganas de reventarlo sobre nuestras espaldas; su manera de andar reafirma su procedencia campesina: un guajiro de mierda que viene huyéndole al fango y que es capaz de hacer cualquier cosa con tal de no regresar.

Dentro de una funda eché una sábana, el cepillo de dientes y pasta, jabón y una jarra plástica, sé que no es mucho, pero es suficiente para esta ocasión. Atravesamos el patio y el sargento se detiene a la entrada y dice que esperemos, no sin antes amenazarnos otra vez con la mirada. Nos deja bajo el intenso sol que hacía meses no recibíamos directamente sobre la piel, y se pierde por el negro pasillo de las celdas. La oscuridad me vuelve inseguro, no puedo aplacar el espanto que siento, temo que los otros lo descubran y después sea peor para mí.

Imagino la cara de mi madre el día de la visita cuando, después de soportar un mes de ansiosa espera, le digan que no podrá verme, y rogará e intentará explicar que se levantó a la cinco de la mañana para llegar en hora, y no hará caso de los rostros blindados que la mirarán impasibles; querrá hacerles entender el sacrificio que hizo y de las cosas que privó a mis hermanos para poder llenar la jaba y luego cargarla por toda la ciudad hasta el presidio; pasará por alto los continuos gestos negativos; les dirá que los alimentos cocinados se echarán a perder si los lleva de regreso, hará por sacarlos y hacérselos probar; por último, acudirá a subterfugios sentimentales, mencionará el calor materno, preguntará si tienen hijos, y los guardias incómodos por no poderla callar la mandarán a irse después de asegurarle que no habrá ninguna posibilidad de sacarme a la visita.

Nos silban desde la galera de enfrente, el que está a mi lado dice que es la Patera, el lugar de los maricones. En la puerta nos mira alguien que debo suponer sea un hombre, se pasa la lengua por los labios y traga saliva como si la boca se le humedeciera cada vez que nos imagina servidos sobre una cama, parece que es el que manda porque golpea y empuja a las otras cuando intentan salir para vernos también. Nos propone ir a vivir con ella, aquí tendrán protección y comida, se les cuidará como a niños lindos, sobre todo al blanquito y me señala; tengo deseos de cagarme en su madre, de mandarlo al carajo, pero al ver a mis acompañantes sonriendo prefiero no hablar. Observo un aura que planea y la envidio.

El sargento regresa con el calabocero y nos entrega una máquina eléctrica para pelarnos al cero. Unos a otros nos la pasamos por la cabeza y los pies se nos llenan de pelos; lo hacemos en silencio, como si un poco de pelo nos hiciera sentir diferentes. Después de gritarnos varias veces para que terminemos, el sargento hace un gesto y señala un pasillo angosto donde se nos pierde la mirada en la oscuridad. Tengo deseos de llorar como un niño asustado, quisiera arrodillarme delante de él y suplicarle que me perdone, que no volveré a cometer una indisciplina; pero mis piernas no me obedecen y se niegan a humillarme, echan a andar solas; miro hacia las celdas de los maricones como una posibilidad de escapar de tanta agonía, pero me asusto sólo de pensarlo y recorro resignado el túnel. Según nos vamos enterrando en la oscuridad, siento la frialdad, la humedad de las paredes, la fetidez de las celdas, el vaho de los hombres que cumplen castigo y llevan veintiún días sin bañarse. Hay tanto silencio que parece no haber nadie, pero escucho el sonido de la tristeza, las respiraciones contaminadas, las miradas torpes por no poder localizar ni siquiera sus manos, la agonía de tantos días sin ver la luz. Me llega la añoranza de mejor vida, las ganas y el aliento de mujer, y el olor a semen desaprovechado. Un bombillo con poca intensidad pretende alumbrarnos. El sargento se detiene, abre una celda y nos invita a pasar. La vista se nos va adaptando. Antes de entrar intento contar las parejas de ojos que brillan dentro de ese cuadrado negro, más negro, muy negro. Los hombres están sentados alrededor de la pared y nos miran desconfiados, no somos bienvenidos. El sargento cierra la puerta, hago esfuerzos por mirar mi cuerpo y es imposible, me desespero, sé que los que estaban adentro nos recorren con la mirada ya adaptada a esta noche perpetua;

después, la oscuridad se va disolviendo y comienzo a descubrir a los viejos reclusos castigados. A pesar del poco espacio, hay cinco hombres y seis más que entran conmigo, somos once presos.

El sargento se aleja y siento nuevamente los deseos de correr hacia él, de halarlo por los pantalones y besarle los pies con tal de que me saque de este infierno. Una de las voces que nos recibe exige que nos quedemos parados con la espalda pegada a la pared, con el pretexto de no pisar la colcha que está tendida en el suelo. Uno de los que entró conmigo propone quitarnos los zapatos. Lo hacemos, aunque permanecemos de pie porque no nos dan autorización para sentarnos.

Según se adapta la vista voy mirando los rostros; sentado en el medio hay un preso, imagino que es el jefe, tiene un trapo en la cabeza como los árabes, pero algo me hace sospechar pues parece una muchacha en el cuerpo de un hombre y tiene gestos muy femeninos. Pienso que es linda, ¿será por el tiempo que llevo mirando la rudeza de los hombres? No me desvía la mirada, seguramente soy el único blanquito dentro de esta celda y quiere variar; está cansado de saciar a estos gorilas y ahora quiere satisfacerse, acordarse de que también tiene derecho a escoger, a darse un gustazo.

Desde otra celda llaman y uno que está en una esquina se acerca a la puerta y hablan, pero no en español, tienen un lenguaje que nunca había oído, le dice algo como «tu pun tapa», y el otro responde en la misma jerigonza. Así están unos minutos, hasta que se aleja de la puerta y regresa a nosotros, nos ordena abrir la boca y las revisa; me pongo a pensar que es una manera de irnos humillando, de domarnos, que luego nos darán golpes y hasta pedirán que les demos el culo. Pienso que es preferible morirme antes de que me doblequen.

El hombre ya está parado frente a mí, esperando que abra la boca, no sé cómo decirle que me niego, no estoy de acuerdo con que nos traten así, pero sé que nada lo hará entender que no puedo complacerlo, que mejor me deja tranquilo y así evitamos chocar; el tipo se ríe y otro que está agachado en una esquina y parece ser el líder dice que ya no hace falta, no tengo nada de lo que buscan y se levanta, conque tenemos un guapito en el grupo, y casi sin poder evitarlo me golpea en la cara, que trato de cubrir con los puños cerrados, con los antebrazos me protejo el estómago y las costillas, muevo una pierna y dejo la rodilla levantada para que no me den en los güevos; ellos continúan chocando sus puños contra cada parte de mí que se le opone con terquedad, golpean mi cabeza con los nudillos y son los golpes que más duelen; los de la espalda se escuchan con más fuerza, pero no duelen tanto, cada vez me voy poniendo más tenso, tengo el cuerpo caliente, como si me pegaran a la piel alguna brasa encendida, siento tantos golpes a la vez que me parece imposible que pueda resistirlos todos, estoy mareado, no sé cuántos más soporte, me gustaría pedirles perdón, abrirles la boca y que miren hasta las amígdalas; pero cuando pienso que me podrían llenar la boca de semen, aprieto los dientes y cada músculo que aún responde a mi llamado; mi cuerpo intenta reducirse detrás de mis brazos, trato de respirar y no encuentro el espacio ni el oxígeno suficientes, sus golpes duelen como martillazos, como si me estuvieran clavando por mis pies en el suelo, quizá no soporte más, mis piernas flaquean, me preocupa cuándo terminará su rabia, uno de ellos le pide a otro la cuchilla, vamos a picarlo para que no se haga más el guapo con nosotros; el susto se me transforma en pánico, ahora las cosas irán lejos, una cortada es algo más delicado, ya no puedo detenerlos, nada que les diga podrá recordarles que soy un hombre indefenso, ¿no comprenden que ni siquiera un gesto mío los ha desafiado? Sus puños siguen buscando cada espacio de mi cuerpo adolorido, a veces me pegan con el codo por la espalda y el dolor me recorre hasta las piernas y regresa, una punzada que me hace exhalar el último aliento, pasan varios segundos sin poder reponer el aire en mis pulmones, como si el tiempo se detuviera y la sangre no fluyera, temo caer, que me den patadas y me rompan la cara, la nariz y me hinchen los pómulos, me asusta quedarme ciego, creo que rezo, le pido a algo indefinido, sólo quiero que dejen de golpearme, poder respirar aunque sea una vez más, me sorprendo pensando en algún recuerdo, por instantes me olvido del dolor, del miedo, y un estado de paz me invade, me sobrecoge, dejo de sentir, es como si observara desde una esquina de la celda, veo al hombre golpeado que intenta cubrirse pero no es suficiente para tantos golpes, tiembla, suda como si se gastara, es un amasijo de carne deforme, me avergüenza pertenecer a aquel cuerpo tan maltrecho, por eso decidí abandonarlo, demasiada humillación para estar dentro de él, y una voz que viene del pasillo los interrumpe, los detiene, se alejan de mí; el cuerpo apabullado hace por desplomarse, jadea, sus uñas tratan de clavarse en la pared para detener la caída, y desde la esquina donde observaba voy en su auxilio, lo sujeto por debajo de los brazos y siento el peso, trato de erguirlo, de levantarle la mirada, pedirle sonreír sería demasiado, y retomo la carne, me introduzco porque ese es mi lugar, y nuevamente siento el peso y los dolores y el miedo, y la voz del pasillo que vuelve a insistir, el sargento Cuevas pregunta qué coño pasa aquí, los hombres regresan a sus esquinas, quieren protegerse, saben que ahora también podrían recibir una paliza, nadie le contesta y él nos recorre con la mirada, pero la poca luz apenas lo deja ver nuestras siluetas, es la hora del recuento, avisa, después del conteo, vendré por ustedes.

Aprovecho para estirar los brazos y las piernas, aunque me mantengo alerta a los movimientos que hacen, no quiero ser sorprendido nuevamente. Los músculos están tensos y me cuesta trabajo enderezarme, cada vez que trato de corregir la postura se intensifica el dolor, no logro llenar mis pulmones de aire, me duelen, siento las hincadas de las costillas. Me miran con odio, quieren reventarme a golpes, pretenden saciar su ira eterna contra mí, como si yo fuera el causante de su encierro y no viviera la misma condición de preso, como si tuviera la culpa de su mala vida y su pésima suerte, de la separación de su mundo y de su marihuana, de su alcohol y su familia, de sus navajas y estafas, y de las posadas con sábanas grises y zurcidas.

Tengo mareos pero no me quejo porque sé que pudo ser peor. Mandan a sentarse a todos menos a mí, dicen que no tengo derecho a tocar su colcha tendida como una alfombra. Permanezco de pie, envidiando a los que se han acomodado sin quejarse. Uno de los tipos le pide a otro de los que llegó conmigo que se le acerque, avanza temeroso y lo apura, dice que ellos no se comen a nadie aunque lo parezca, lo mandan a abrir la boca, le introducen las manos hasta que logran quitarle un casquillo de plata. Me maldigo un millón de veces, por novato no supe qué buscaban. Con sólo abrir la boca me hubiese evitado esos golpes y ahora estaría sentado igual que los demás.

El sargento abre la celda, lo acompaña un oficial que, señalando con una tablilla, nos cuenta. Antes de salir, el sargento nos mira amenazante. Me duelen las piernas de permanecer tanto rato de pie. Pienso en otra forma de ablandar a mis atacantes, tocarles alguna fibra sentimental o de orgullo, que sepan que los respeto, que no quiero más contratiempos, tengo que hacerlo por mí, las rodillas se me doblan por el cansancio y la fatiga, por los golpes, el susto y la tensión. Aprovecho un intervalo de silencio y digo que los hombres no tienen que guardarse rencores, que por el hecho de haber tenido esa desavenencia no hay que estar peleados, que podemos vivir juntos como verdaderos humanos, que noso... y me interrumpen, dicen que mejor me callo antes de que vuelvan a caerme encima y darme otra tanda de patadas. Decido no volver a abrir la boca, soportaré los dolores de las piernas hasta que caiga desfallecido, después, si quieren golpearme que lo hagan, entonces dolerá menos.

De nuevo escucho el sonido de los cerrojos, me asusta, y por la ventanita veo el rostro del sargento que ha venido a que le expliquemos lo sucedido. Pregunta quiénes participaron en la bronca. Quedamos callados, nadie responderá, sabemos que nos golpeará a todos; pero algo, que seguramente es el miedo, me hace hablar, decirle que si no me recuerda como trabajador de la cocina, que siempre he sido disciplinado pero que a veces los hombres tendemos a ser complicados y no podemos manejar las situaciones que se nos presentan; respiro, está mirándome como si no entendiera nada de lo que dije, preguntándose qué lo detiene para no golpearme. Resulta, sargento, le digo, que estamos aquí por cometer alguna indisciplina, y en verdad no queremos portarnos mal, más bien deseamos cumplir los días de castigo con tranquilidad, sin que usted tenga quejas de nosotros. El sargento me interrumpe, dice que vaya al grano, que todavía no le han respondido quiénes causaron el desorden. Le prometo que terminaré en breve, que me permita explicarle la razón por la que cometimos la indisciplina, es que él, y señalo a otro que entró conmigo y que abre los ojos sorprendido, con deseos de patearme por implicarlo en algo en lo que no tiene que ver, y mira a los que le rodean y recibe una seña de mis enemigos para que se mantenga en silencio, digo que él y yo tuvimos problemas de mujeres en la calle, usted sabe, sargento, que esos problemas son delicados, y mueve la cabeza asintiendo para alardear que conoce de mujeres, acordándose de alguna situación personal, que dudo, porque tiene tipo de haber conocido sólo chivas, yeguas, puercas y ahora maricones en la prisión, pero él espera que termine, y comprendo que está menos enérgico, y le pido que, por favor, nos separe, usted verá que no tendrá más quejas de nosotros en el tiempo que nos queda de castigo. Nos mira sin saber qué hacer, su estilo es no dejar hablar a los demás así tengan la razón, y ahora yo le digo qué debe hacer o no, y todavía sin explicárselo le dice al otro que salga, lo llevará para la celda contigua; pero no quiero quedarme aquí dentro, seguiría en las mismas, y le ruego, con el mayor respeto, sargento, por el tiempo que estuve bajo sus órdenes en la cocina y lo disciplinado que fui, que me traslade a mí; me mira fijamente, indeciso, no sabe si cambiar su orden, y de repente, con un gesto de cabeza acepta, y salgo sin pensarlo. Cuando el sargento cierra la reja y estoy seguro de que ya no regresaré, miro por última vez a mis enemigos, aún con los rostros amenazantes, como si me advirtieran que me había salvado de otra paliza. Sólo quiero alejarme, saber que dejé atrás esa historia.

El sargento me lleva al final del pasillo, dice que conoceré la ratonera, es lo único que tiene disponible; abre la puerta, el lugar es tan estrecho que dos personas no podrían pararse una al lado de la otra. Es más oscuro que el anterior. Adentro hay tres hombres que, acostados, no cabrían. Me examinan, esperan a que cierren la puerta.

Sonrío, pienso que finalmente estoy lejos y a salvo. Pero uno de los tipos me advierte que no le pise la colcha, luego se acerca a la puerta me mira y avisa: «tu pun tapa».

Telegrama III

Supe que mi mujer se fue con otro. Si le queda un poco de vergüenza, aprovéchenla y me la traen al pabellón aunque sea por última vez.

El francotirador

A las cuatro de la tarde el Rolo va hacia el fondo de la prisión como todos los días. Se acuclilla detrás de un muro para que la posta que está en la garita no lo descubra, y comienza a manosearse con delicadeza, primero se escupe la palma de la mano y luego la pasa por su sexo dormido, que lentamente se yergue, abandonando la modorra.

Hay otros edificios más cercanos, pero mantiene su mirada atenta hacia el que está a unos doscientos metros. No podría detallar el rostro de los que se asoman por los balcones, sólo ve sus figuras que se mueven como hormigas. Y aunque bajen y suban muchas personas no se confunde, sabe con exactitud a quién espera.

A las cuatro y quince ya está excitado y los movimientos se tornan más rápidos, desliza su mano de un extremo a otro de su sexo como si la pasara por un sable con doble filo y lo untara de aceite en la víspera de la batalla. Cinco minutos después la descubre cuando rebasa la escalera del segundo piso, porque los muros que rodean el penal no permiten ver la parte inferior del edificio. Mientras ella asciende los escalones, los movimientos del Rolo son acompañados con temblores, abre la mano y pone los dedos tensos igual que si fuera a sujetar un hierro al rojo vivo, lo toma y aprieta y comienza un movimiento más ágil, desesperado, tratando de aprovechar al máximo la imagen en el menor tiempo posible, se pasa la lengua por los labios mientras imagina que la besa y menciona un nombre cualquiera. Aquella persona que casi no puede detallar, cuyo nombre ni edad conoce, es sólo una lejana silueta de mujer que entra a su casa a las cuatro y veinticinco, y que le brinda, desde hace meses, la única satisfacción del día. Cuando ella cierra la puerta, el Rolo la llama, grita, su cuerpo se mueve con espasmos y se crispa; luego deja escapar varios quejidos.

Y regresa a la galera con las manos en los bolsillos a esperar la tarde siguiente. Cuando le preguntamos por qué siempre esa, por qué no otra, cuál es la diferencia, él se queda pensativo, levanta los hombros, la mirada va de un lado a otro sin saber qué busca:

—No sé, no puedo explicarlo –dice–. Sólo sé que ella es especial.

33

El delito es mío y el sufrimiento parejo para toda la familia.
Les ruego que me olviden. Es lo mejor para todos.

Su hijo.

El juicio

El viejo camina por el pasillo arrastrando su pierna renga. Hace tres meses que llegó y los presos se preguntan qué pudo haber hecho esa calamidad de ser humano para que el fiscal decidiera enviarlo a prisión preventiva hasta el día del juicio. Avanza como si fuera una babosa y lo miran con repugnancia. Algunos curiosos se le han acercado para preguntarle y el anciano siempre responde titubeante que está ahí por problemas personales. Nadie se conforma con su silencio, saben que el misterio oculta su vergüenza entre tantos avergonzados, lo que hace sospechar que la de él es más grave. Los reclusos prefieren que se mantenga alejado.

Para que averiguaran en la tarjeta de control de la prisión por qué causa el viejo está preso, el Enano pagó una caja de cigarros. Nadie sabe qué obsesión tiene él por conocer la verdad, dice que algo le huele a quemado y mueve la cabeza afirmando.

El Enano ha estado toda la mañana sentado junto a la puerta esperando la noticia, sabe que el viejo no es tan ingenuo como quiere aparentar. Fuma y observa la entrada del patio de la prisión por donde aparecerá de un momento a otro el confidente. A veces mira al viejo, amenazante, pero este prefiere hacerse el desentendido.

Del otro lado de los barrotes alguien se le acerca al Enano y le habla pegado al oído. Luego el mensajero se va y él recorre con una mirada a los presos que se mantienen dentro de la galera. Avanza hasta la cama del anciano que finge no verlo. Así que problemas personales, dice.

El mandante se acerca y pregunta qué pasa; el Enano explica que es un asunto que tiene que ver con cada hombre de esta galera: en la historia de las prisiones los presos no han soportado el delito de corrupción de menores. Se inicia un murmullo por la sorpresa de la noticia, yo siempre sospeché que tenía que ver con algo de eso. No soporto a los tipos que manosean a los niños.

El jefe va hacia donde está el viejo y lo golpea en la cara, lo hace caer y este queda acostado en el piso, sólo se mueve hacia un rincón para protegerse, dice que es inocente, estoy por otra causa. El Enano le grita que no hable bajito, si quiere defenderse que lo haga delante de todos. Desde el piso, el anciano se niega a dar explicaciones. Los reclusos se acercan, lo miran con dureza, intentando desentrañar la verdad. El mandante advierte que si es inocente le conviene hablar porque de ahora en adelante te espera el infierno y no podrás soportarlo, tendrás que limpiar el baño todos los días, nunca saldrás al pasillo central, ni siquiera a orinar, sin mi consentimiento; te daré menos ración de leche y de pan; la jaba que te traiga la familia será confiscada; tu cama estará al lado de los baños; te quitaré la colchoneta para que duermas sobre la tabla de la litera; serás el último en bañarte, en lavarte la boca; sólo podrás tomar un vaso de agua al día, ¿entiendes?; cuenta la verdad, será mejor para ti. El viejo continúa negando. Calabaza propone que en la noche se haga un juicio como los de verdad, que tenga derecho a un abogado defensor, a un fiscal y jueces. El Enano se ofrece de fiscal. El Títere pide ser la defensa. Y, por supuesto, el mandante será el único juez.

Durante el resto del día en la galera se comenta sobre el juicio, qué sanción tendrá y si podrá cumplirla en su estado físico. El viejo no quiere almorzar. Ha permanecido en silencio, sentado en su cama sin moverse, mira espantado los preparativos mientras colocan las literas en círculo alrededor de una que han situado en el medio.

El viejo tampoco quiso comer, mantuvo las manos unidas, posiblemente para que no descubrieran su nerviosismo. A pesar del hambre nadie le pidió su bandeja que regresó al fregadero tal como la sirvieron; los fregadores buscaron por el hueco de entrega quién lo hizo y cuando vieron la anciana figura y su desgastada imagen, comentaron que seguro era un tuberculoso.

Al volver del comedor, el viejo recogió sus pocas pertenencias, las introdujo en una funda y amarró la punta con un nudo. Le cuesta trabajo encender un fósforo. Cuando lo logra, se le apaga con el movimiento nervioso de sus manos; en los labios, el cigarro sin encender se ha humedecido y algunas gotas de saliva caen sobre el pantalón. Finalmente, decide no fumar y espera.

Los presos se acomodan sobre las literas para presenciar el espectáculo. A una señal del mandante, Albino y Jábico asumen como alguaciles y van en su búsqueda. Lo sujetan por los brazos, las piernas apenas lo sostienen y a veces le fallan, hacen por doblarse, pero sus acompañantes lo aguantan, le dicen burlones que no sea artista, que haga lo que haga el juicio va, mejor te portas como un hombre y quizá hasta te sirva de atenuante. Al llegar a la litera que han colocado en el centro, el mandante le pregunta el nombre completo, edad, lugar de nacimiento, hijo de...; cuando responde, pide que lo suban. Con dificultad lo elevan hasta el tercer nivel, quiere sentarse y le ordenan permanecer de pie; dice que no puede sostenerse y el llanto quiere escapársele, pero al ver el rostro del mandante, que hace un gesto de impaciencia, logra contenerlo. El jefe alza la voz para avisar que se le hará un juicio por Corrupción de Menores.

El anciano mira hacia los lados, como buscando una persona razonable que proteste a su favor; pero todos permanecen inmóviles. El Enano le pide que narre los hechos. El viejo mueve los hombros, no sabe de qué hablan. Jábico mira al jefe que, con un gesto aprobatorio, le ordena que mueva la cama y lo hace con gusto, riéndose; el acusado pierde el equilibrio, cae y queda suspendido en una esquina de la litera, con el cuerpo ladeado, casi afuera. Calabaza lo sostiene, dice que para la próxima lo dejará caer y seguramente se partirá la cadera. Aún más tembloroso, el viejo logra reponerse, a veces hace por arrodillarse pero no se lo permiten; en vano las manos buscan en el aire dónde sujetarse. El Enano le pregunta si hablará, el anciano va a negar y Jábico vuelve a mover la cama y el viejo suplica que no lo haga, que hablará, y comienza a llorar. El Enano le grita que acabe de contar qué sucedió. El viejo asiente con la cabeza, a veces intenta abrir la boca pero no le sale ningún sonido. Explica que fue sin querer, un malentendido, realmente no fue su intención; los padres lo acusaron porque lo odiaban, son mala gente, pésimos vecinos, loca que está esa familia. Siempre he sido un hombre honorable, de respeto, trabajador, tengo esposa, hijos, nietos... El Enano lo interrumpe, lo conmina a que explique qué ocurrió. El viejo desea permanecer callado, quiere quedarse en la cama sin que lo molesten; pero sabe que tiene que convencerlos. Sólo le daba caramelos, me gustan los niños como a todos y trata de exhibir una sonrisa infantil. Y cómo hacía para darle los caramelos, le preguntan. Ni siquiera la tocaba, dice, simplemente le señalaba dónde tomarlos. La galera está en silencio, los reclusos permanecen atentos a cada palabra. ¿Dónde estaban los caramelos? Guardados, responde. ¿Guardados dónde? No habla. Es evidente que ha cometido delito, dice un preso y el jefe lo manda a callar. El Enano alza la voz para volver a preguntarle dónde los guardaba. El viejo continúa en silencio y Jábico se acerca a la cama para moverla. El anciano se asusta, pide que no lo haga, por lo que más quiera, me voy a caer, mijo. El Enano le advierte que no le dará más oportunidades, es la última. Asegura que los guardaba dentro del bolsillo. ¿Y estaban los caramelos dentro de ese bolsillo? El viejo quiere quedarse callado pero mira a los ojos del Jábico que delatan los deseos de empujarlo y hacerlo caer desde esa altura. A veces, dice. ¿A veces qué? Si no era en ese bolsillo lo tenía en el otro, el caso es que los caramelos estaban allí. ¿Y en el bolsillo equivocado qué había? Nada, responde. El Enano camina impaciente, conque nada, dice y se rasca la cabeza. Seguramente que algo habría allí. Insiste en saber qué encontraba la niña en el bolsillo equivocado. Esa vez que me acusaron fue sin querer, ni yo sabía que el bolsillo estaba roto. Jábico va hacia la cama para moverla, pero el mandante le ordena regresar. El Enano le exige al acusado que termine, ¿qué tocó la niña cuando su mano llegó al final del bolsillo? No quiere contestar, le suplica que no continúe, es suficiente. El mandante le advierte que está obligado a contestar las preguntas del fiscal, que después regresará a su cama. Afirma que la niña se confundió y tocó los genitales, que luego de buscar en el otro bolsillo y tomar los caramelos corrió para su casa a contarles a los padres; fue un accidente, asegura, nunca le haría algo así a una menor, no pueden imaginar cuánto he sufrido desde el día en que ocurrió ese mal entendido.

Cuando el viejo termina de hablar se escucha el sonido metálico de una lata que el viento empuja en el patio central. El jefe le da la palabra al abogado defensor, y el Títere pide que tengan en cuenta la edad de su defendido, que es padre de familia, que la vejez a veces nos hace regresar a la niñez y podemos hacer cosas que después no sabríamos explicar. Los presos se emocionan y aplauden en apoyo a las palabras del Títere. El Enano asegura que los que aplauden son maricones o también les gusta tocar a los niños. Y se hace un silencio absoluto y nadie le responde, saben que tiene malas purgas y puede joderlos. Ahora el Títere afirma que su defendido se retracta de los hechos y está penando por su conciencia, que es el peor castigo que puede enfrentar un ser humano... Y el Enano le dice que no coma más mierda y termine de hablar, ¿cómo puedes pedir clemencia por un viejo hijo de puta que merece lo peor?

El mandante avisa que deliberará y en unos minutos dará a conocer la sentencia. Va hacia una esquina de la galera, acompañado por el fiscal y la defensa, conversan, a veces miran amenazantes al viejo. Cuando deciden regresar, el jefe hace un gesto con las manos y los presos se levantan para recibirlos; dice que la sentencia es hacerlo pasear desnudo como un perro por la compañía con una correa al cuello, que cuando pase por las camas de los reclusos podrán azotarlo con las toallas. Los presos entusiasmados las mueven como látigos y ruidosamente golpean en el aire.

Sin esperar, el Enano hace un gesto al Albino y al Jábico para que cumplan la orden. Primero lo desnudan y ven su piel arrugada, luego le atan un pedazo de tela al cuello que sirva para halarlo y, obligado, el viejo avanza arrastrando por el piso rodillas y manos. El Enano lo pasea y es el que más lo golpea con la toalla; lo hace con gusto, los ojos le brillan y sonríe complacido.

Según avanza, los presos le van pegando con rabia, primero la piel se le pone roja, luego se oscurece; el viejo mantiene la boca cerrada, sólo llora, apenas unas lágrimas que le corren por la cara, a veces salta por las patadas que el Enano le propina en los costados del cuerpo. El viaje es largo y cada vez se hace más lento; por momentos le fallan los brazos y apoya el pecho o los hombros, y el Enano se ensaña más, le da con la punta de sus zapatos y con las rodillas. Los reclusos han comenzado a asustarse, temen que no soporte y después haya investigaciones y alguien tenga que pagar; varios presos prefieren no pegarle y el Enano los mira y los acusa de pendejos. Decide halarlo con la tela que sirve de arreo y el anciano se pone rojo, después morado, tose, necesita respirar, busca con angustia un soplo de aire que lo libere de la estrangulación, de la tela que se le encaja en la piel del cuello, deja caer un poco de baba, una escupida que sirve de auxilio, un aviso de que se ahoga, las manos crispadas tratando de arañar el piso, buscando algo que lo ayude a resistir. La mayoría de los reclusos ya no quiere mirar, no entienden por qué tanto ensañamiento. Cuando termina el recorrido, el Enano no está conforme y continúa descargando su rabia contra él, lo golpea con el puño por la cara y las costillas, grita, abusador y empieza a llorar, y con gestos de loco, entre gritos, dice que fue un abuso contra esos niños. ¿Cómo pueden hacerlo? Sólo eran niños y eso no se cura. Es para siempre, coño. ¿Acaso no lo entienden? Es para siempre.

41

Tengan la completa seguridad de que soy hombre; pero si algún chismoso les dice que estoy viviendo en la patera, no es mentira. Pero solo para sobrevivir.

Mandy

El Guajiro

El día que a nuestra galera le toca la visita mensual de los familiares, nos ponemos la mejor ropa para recibirlos. Queremos impresionar, demostrar que esto no es tan malo, que somos leones enjaulados, pero leones al fin; aunque en realidad seamos los tipos más sufridos de esta ciudad.

Ahora vamos un grupo de reclusos de un lado al otro del salón para exhibirnos como pavos reales ante los demás visitantes, y nos paseamos como si fuéramos por el Prado o el Malecón. Cuando nos acercamos al Guajiro evitamos saludarlo porque es demasiado indigente, con algún retraso mental, y no es digno de nuestra amistad, de la guara exclusiva para los tipos con coraje. Cualquiera se abochornaría si él lo saludase. Y como lo sabe, se mantiene cabizbajo, con la vista fija en la mesa. Pero algo me llama la atención, está acompañado por una linda muchacha que le tiene la mano agarrada y se la besa una y otra vez.

Llegamos al final del salón y no me puedo olvidar del rostro de la muchacha. Al regreso, busco la forma de pasar lo más cerca posible para verla. Justo antes de llegar, ella me mira y mantiene su mirada, sonríe y me saluda con la cabeza. No sé qué hacer, creo que tengo deseos de correr, huir a un lugar donde no pueda alcanzarme. Se levanta y extiende su brazo para agarrar mi mano. La estrecho levemente y no puedo evitar un escalofrío. Sus dedos son suaves.

—¡Hola! —dice con esos ojos grandes que quisiera tragarme.

—Hola —repito como un tonto.

—Dice mi hermano que eres un buen hombre.

Encojo los hombros y lo miro. El Guajiro tímidamente deja escapar una sonrisa. No tengo la más remota idea de adónde va la conversación. Y con delicadeza me hala por el brazo y nos alejamos de él.

—Es que tiene un problema de retraso. Siempre ha estado en escuelas especiales.

Muevo la cabeza asintiendo.

—No tengo paz desde que está aquí dentro porque pienso que algo le sucederá.

Hago silencio. Ese riesgo nadie puede evitarlo.

—Me gustaría confiarte su cuidado. Yo te estaría muy agradecida y de hecho te ofrezco mi amistad. Tendré una deuda contigo por el resto de mi vida.

Y comienzo a disminuirme, la vergüenza por aquel ofrecimiento delata mi timidez. No sé qué contestar. Yo no soy «el Padrino», tampoco un mandante. Apenas sé cuidar mi vida, defenderla como un león y mantener mi honor; pero de ahí a ser un abogado de los pobres va mucho trecho.

—Eso es muy difícil, ¿sabe? —le digo—. A veces no encontramos la manera de proceder porque es complicado discernir entre el paso bueno o el malo. Se piensa que hacemos algo por nuestro bien y resulta que luego nos trae problemas.

—Pero así y todo jamás podría compararse con mi hermano. Me has demostrado con esas pocas palabras que eres un ser que razona —y mira a los presos que conversan en el salón—, cosa muy difícil de encontrar en este mundo.

—No crea, a veces ser inteligente en este lugar es un gran problema. Quienes viven mejor aquí son los brutos, los tipos que no preconciben que un acto, una acción, los pueda dañar.

—Pero así y todo yo prefiero a los inteligentes —y una sonrisa, de esas estocadas que las mujeres utilizan para conquistar a los hombres, me golpea, me penetra y echa a andar mis fantasías eróticas.

–No hay problema –digo, consciente de que acepto pensando en una posible conquista amorosa–. Yo le cuidaré a su hermano –ella se acerca a mí para besarme. Siento sus labios cálidos pegados a mi piel, y quiero que el tiempo se detenga, que todos los presos vean que soy un verdadero león, que soy capaz de conquistar a una mujer en la peor circunstancia, y que al llegar a la galera me hagan preguntas para construir mi leyenda. Cierro los ojos y respiro su perfume, quiero llevármelo y recordarlo en el momento de la masturbación–. Ese hombre es mío –le aseguro–. Descanse con la más absoluta confianza. Si algo le sucede puede estar convencida de que yo habré muerto por interceder en su defensa.

–No. Tampoco lo quiero a ese precio –y lo dice como si realmente yo le interesara, como si me quisiera, igual que las mujeres que llevan una relación de pareja de varios años–. Me basta con que lo aconsejes –y regresamos al lado de su hermano que me pone un brazo encima y yo lo recibo feliz.

–¿Ya oíste?, tu hermana me ha confiado tu cuidado, así que debes prestarme obediencia. ¿Está bien?

El Guajiro asiente inseguro. Me alejo moviendo las manos lentamente y sin quitar la vista sobre ella. Me voy pensando que dejo una imagen de benefactor, de hombre acostumbrado a estos favores. Durante todo el tiempo de la visita intento buscar su mirada.

–Es cierto que dos tetas halan más que una carreta –dice mi madre penetrándome con sus ojos verdes. Y sonrío avergonzado.

–Es amor –le aseguro.

–Sólo eres un tonto lejos de casa –afirma ella.

Después, en la galera, me paso las horas pensando en la muchacha. Dibujo su silueta, repaso cada gesto, detalles de su cuerpo, y siempre me excito. Descubro que no sé su nombre ni ella el mío, salvo que el Guajiro se lo haya dicho. Entonces le pregunto cómo se llama su hermana.

—Nuria —responde.

Y me parece el nombre más hermoso del mundo. Y como había previsto, los reclusos se acercan para preguntarme si la conquisté. Pero evito hacer comentarios. No quiero que el Guajiro se sienta humillado y le dé quejas a su hermana y ella se aleje de mí.

Para que no le roben el jolongo al Guajiro permito que lo ponga en mi pasillo, pero su hambre voraz hace que venga constantemente a buscar comida. Le aconsejo que estire los horarios de merienda y no puede contenerse.

A los pocos días el jolongo está vacío. Le doy varias veces de mi comida. Y a Juan, mi amigo y vecino de litera, le molesta su presencia. Le digo que es mi futuro cuñado y parece que lo acepta. Pero en algún momento lo sorprendo dándole una cachetada. Y sujeto a Juan por la camisa y lo sacudo con violencia y lo amenazo con golpearlo si vuelvo a verlo abusar del Guajiro. Juan aprueba mi advertencia, pero dice que me va a pesar, porque él es mi amigo incondicional y el Guajiro es un hombre sin honor. Le aseguro que a lo sumo es un fronterizo, por eso no permito a nadie que abuse de él.

Juan no quiere contestarme. Y pasa varios días alejado hasta que una madrugada me despierta.

—Mira, allí está tu protegido.

—¿Qué? —indago aún dormido.

—Tu cuñadito. El Guajiro. Está bajo ese mosquitero dando el culo a varios tipos por un cartucho de gofio que le ofrecieron.

Con rapidez razono que nadie que no sea maricón se dejaría templar por un poco de gofio, y el Guajiro era anormal, pero no maricón. Intento levantarme de la cama para rescatarlo, seguro que lo tienen amenazado.

—Eso tiene que ser a la fuerza —le aseguro a Juan, pero él me detiene.

—Él está de acuerdo —y me señala el cartucho de gofio que aguarda como un trofeo al lado de la cama.

—¿Por qué no me llamaste antes de que sucediera?

—Porque era el colmo que lo evitaras y te convirtieras en el protector de un culo-roto-por-comida. En ese caso todos te perderían el respeto. Y me hubieras obligado a terminar nuestra amistad.

Me mantengo callado aunque me gustaría ofender a Juan. Es la forma que encontró para vengarse por el desprecio que le hice en favor del Guajiro. Ya no vuelvo a conciliar el sueño. A cada rato miro el cartucho de gofio porque me parece inconcebible que exista una persona que acepte ese trato.

—¡Y parece que es maricón de la calle porque jamás gritó ni soltó un quejido! —advierte Juan—. ¡Quizá hasta lo esté disfrutando!

Basta con mi mirada para que se calle. Varios tipos entran y salen de abajo del mosquitero. Yo mantengo la mandíbula apretada junto con los puños, había faltado a mi promesa con su hermana. Le fallé y le daba adiós a la posibilidad de enamorarla, de ir a su casa cuando saliera en libertad. Por vergüenza no podría ni acercármele en la próxima visita. Recojo las propiedades del Guajiro que había guardado en mi pasillo y las tiro fuera de mi espacio.

Una hora después, el Guajiro sale del mosquitero, se abrocha el pantalón y cuando intenta agarrar el cartucho se lo alejan con rapidez.

–Un cartucho de gofio es mucho –le dice uno de los que salió del interior del mosquitero.

–Demasiado –interviene otro–. No eres tan bueno nada. Busca un vaso para echarte un poco, es lo que te has ganado.

Telegrama VI

48

Te prometí cuidar a tu hermano pero él no escuchó mis consejos. Por deudas en el juego pagó con su hombría. Ya no hay regreso posible.

Tu ecobio.

Hambre

Los sargentos recogen las bandejas vacías, tan limpias por las lenguas de los detenidos que no hace falta fregarlas.

El sonido de la última puerta al cerrarse deja un silencio que los hace sentir más presos, y el aire, escaso y caliente, provoca asfixia.

Ningún detenido se atrevería siquiera a alzar la voz para evitar que lo lleven a la celda de castigo por indisciplina. Los sargentos caminan lentamente y se detienen a espiar tras las puertas y a escuchar qué hablan los presos cuando la abulia y el desespero por el encierro les provoca un febril estado de ansiedad que vuelcan en habladurías, para luego delatarlos con los instructores.

Cuando el silencio parece eterno, algún mecanismo sádico hace que la noche se detenga y dure más de lo acostumbrado; y llega un susurro, una palabra rechinando en las puertas metálicas, resbalando en el piso como un vaso de agua; y los detenidos se asustan porque conocen bien las voces de cada sargento, los pasos, la forma en que dejan caer las botas mientras caminan, cómo carraspean y hasta sus ronquidos. Por eso, desde sus celdas, todos quedan intrigados porque no pueden descifrar de quién es aquella voz que escapa como un lamento. Esta vez no es alguien que sueña y clama por un ser querido o grita el nombre del instructor para que no se le acerque, ahora es un detenido que grita desde una celda y cada palabra pronunciada toma fuerza; primero no se puede escuchar qué dice, luego se entiende algo como «tengo hambre».

Los sargentos pasan de prisa por delante de las celdas, buscando, como perros con rabia, de dónde sale aquella voz; abren una ventanita, le dicen que se calle, pero el detenido habla, y por el orificio de la puerta escapan las palabras con mayor nitidez, perdone, sargento, pero no sé cómo soportar el hambre, no puedo aguantar, perdón mil veces, pero yo he sido siempre un hombre de buen apetito; los guardias siguen aconsejándole que mejor haga silencio, que si continúa le va a ir muy mal; el preso comienza a suplicar, y la súplica se convierte en llanto. Le advierten que después no van a poder hacer nada cuando quieras parar, ahora estás a tiempo; pero el detenido llora como un niño y pide perdón, nunca fue un hombre de problemas, nunca lo he sido, por favor, entiéndanme.

Se escucha el sonido del candado y luego de los cerrojos que se abren con violencia, después, el chirrido de las bisagras. El pánico del hombre aumenta, su llanto se acrecienta mientras las voces amenazantes de los sargentos lo interpelan; ruega que no lo golpeen; y los guardias, que entonces se calle y se retirarán y no habrá problemas; le insisten en que comprenda que le están dando más oportunidades de las que acostumbran, pero el detenido asegura que no lo entienden, el problema radica en que no puede soportar el hambre, es algo que no está en mí, no sé cómo controlarla.

Se escuchan algunos golpes y luego el llanto. Los sargentos le preguntan si se va a callar finalmente, y el preso en medio de su llanto incontenible explica que con un pedazo de pan viejo es suficiente, que un poco de raspa le basta o un trozo de boniato. Los guardias comprenden que ni siquiera los golpes lo harán callar y deciden llevarlo a la celda de castigo. El llanto se convierte en gritos de pánico, al chinchorro no, por favor, allí no. Y los sargentos forcejean para inmovilizarlo y poder trasladarlo. El detenido gira el cuerpo, lo encoge para luego estirarlo como un resorte y escapar de las manos de los carceleros, hasta que ya no puede hacer más movimientos y lo conducen a rastras por delante de las celdas. Va llorando y pide disculpas, no quiere que lo tomen como un antisocial, es un hombre bueno, pero de mucho apetito, ese es su único delito. Al chinchorro no, tengo miedo, dice. Le quitan la ropa, como establece el castigo, lo echan dentro de la celda y la cierran; pero los soldados saben que no han hecho mucho, el detenido continúa pidiendo comida porque es un hombre de buen apetito, está convencido de que esa excusa basta para que lo comprendan.

Los sargentos abren la celda, le advierten que si sigue alterando el orden se van a poner muy furiosos. Pero nada hace que se calle, pide comida una vez tras otra. Uno de ellos entra desesperado y lo golpea muchas veces hasta darse cuenta de que no se callará mientras tenga conocimiento. Otro soldado trae un juego de esposas para las manos y los pies y un poco de vendas para taparle la boca. Forcejean un rato hasta que se deja de escuchar la voz del detenido. Después cierran la puerta de un tirón y por los pasos de los sargentos y la manera en que dejan caer las botas, los detenidos deducen que están cansados. Vuelve el silencio, un silencio que habían olvidado por varios minutos.

Al amanecer, abren la celda de castigo. Nadie ha podido conciliar el sueño pensando en el hombre del chinchorro, en la humedad del piso bañado por esa gota de agua que inevitablemente cae desde el techo y choca contra su cuerpo; saben que es insoportable permanecer un día completo allí.

Cuando le quitan la venda de la boca todavía llora, ahora con menos fuerza, pero aún se puede escuchar su voz: tengo hambre, por favor, soy un hombre de buen apetito.

52

En la última jaba me trajeron alimentos caros. Ni se esfuer-cen. Lo que más se agradece es el gofio con azúcar. Con eso es suficiente.

Amanece y aunque han tocado la diana, los presos la ignoran, intentan dormir un rato más y recuperar parte del tiempo perdido en la noche por la vigilia en defensa de su territorio. Porque al oscurecer se acrecienta el peligro en la galera. Salen los ladrones y los hombres deseosos de una caricia que les arranque las ganas de mujer. Ahora ocultan la cabeza bajo la almohada para no escuchar los ruidos que espantan el sueño; pero el grito de alarma: apúrate que vienen los sargentos, los hace saltar de la cama, vestirse y tomar su lugar para el recuento matutino.

El mandante envía al Jábico hacia la puerta para que observe y avise por cuál galera andan los oficiales. Todos están en sus pasillos en grupos de a cinco, cuentan tantas veces como sea necesario, temen que por equivocación haya cuatro o seis, lo que sería casi imperdonable, y los sargentos lo cobrarían bien caro. El Jábico grita que comenzaron a contar por arriba, eso da más tiempo para organizarse.

Algunos fuman, otros se sientan en la litera a esperar que estén más cerca. Ya nadie está dormido. Realmente nunca se duerme en la galera. Alguien salta porque le pusieron varios fósforos en los cordones y le prendieron fuego; otro, se sacude desesperado porque le echaron un cabo de cigarro encendido en uno de los bolsillos del pantalón. Se escucha el sonido de una mano cuando golpea un cuello, el agredido se voltea buscando al causante, pero ya no hay a quién acusar; detrás, todos están con los rostros entre sorprendidos y burlones. No hay nada que hacer, salvo quedar aún más vigilante y mover la cabeza hacia atrás muchas veces para evitar que vuelvan a intentarlo.

El Jábico grita que el recuento está en la galera de al lado y corre a incluirse en la última fila, junto al mandante. Dos sargentos abren la puerta y esperan; pronto aparecerá el oficial de guardia y con pasos agigantados recorrerá la galera, sólo se detendrá al final, para apuntar en su tablilla la cantidad de hombres que hay dentro; luego volverá a salir con iguales zancadas, observándolos con mirada penetrante.

Se escuchan las botas del oficial que ha entrado y como un tren a toda marcha atraviesa la galera sin pestañear. Para sorpresa de todos hace un alto a medio camino, la mayoría cierra los ojos, ¿cómo ha podido suceder? En una fila hay cuatro reclusos. El oficial les pregunta si no saben contar, si están comiendo mierda, si no saben lo que les puede costar por estúpidos, y no se hace esperar más; la tablilla sube y baja tantas veces como la energía y la física se lo permiten, desciende rítmicamente sobre sus cuerpos que tratan de cubrirse con los antebrazos, y las botas terminan la tarea por los planos bajos: ahora hay cuatro hombres tirados en el piso, no se puede determinar cómo está cada uno, sólo son una masa de carne amorfa. El oficial estira su camisa y pide uno de la última hilera para incorporarlo a la fila. El mandante empuja al Jábico que, sin esperarlo, se ve en medio de la galera, y a un gesto del oficial corre hacia donde todavía los cuatro presos yacen en el piso. En el mismo momento que va entrando al pasillo recibe un tablillazo en la cabeza, pierde el equilibrio y se une junto a los otros reclusos en el suelo; ahora sí hay cinco, grita el oficial, espero no se les olvide, y regresa al comienzo de la galera, inicia el recuento y vuelven sus pasos agigantados y cada integrante de las filas va respirando aliviado cuando él los rebasa. Este se detiene y apunta en la tablilla el número sumado. Luego, mira al mandante que se ha puesto de último para protegerse, está asustado y baja la vista obediente; pero no es suficiente para el oficial, le ordena avanzar, el mandante dice que nunca había sucedido, y no volverá a ocurrir, promete; cuando parece que lo ha convencido ve alzarse la tablilla para luego descender sobre su cuerpo, apenas puede cubrirse, las piernas van cediendo, y da la sensación de que va a clavarse en el piso. Después, el oficial se aleja y el estruendo de la puerta al cerrarse avisa que por ahora están fuera de peligro.

El mandante, aún desde el suelo, grita que nadie se mueva. Se retira a su cama con gestos de dolor y pasos vacilantes, y regresa con un pedazo de madera que ha zafado del mural. El silencio augura algo desagradable y el miedo se respira en el ambiente. El jefe va hasta la fila donde los hombres apenas han podido restablecerse. Les dice que por culpa de ellos ha sido golpeado, por estar en la bobería y no atender a lo que debían. Uno de los hombres intenta hablar pero decide callarse. Se mantienen con la cabeza baja y las manos temblorosas. ¿Yo puedo irme?, pregunta el Jábico. El mandante no contesta, sólo alza el listón para dejarlo caer muchas veces sobre los reclusos que se ahogan en sus propios gritos, piden de favor que no los golpee más, que ya es bastante; uno dice que está herido, y el jefe se detiene cuando le ve el rostro cubierto de sangre y un hilillo salpicando la camisa. Les dice que vayan hasta la puerta y pidan ir a la enfermería, cuando les pregunten qué les pasó, digan que fue la tablilla del oficial. Corren hasta la reja, el mandante les advierte que si se van de lengua y dicen la verdad, mejor ni regresen, porque aunque se lo lleven para la celda de castigo, lo dejará todo preparado para que les cojan el culo. Los cinco reclusos llaman y se escuchan las llaves de un oficial que se acerca. Apenas los ve abre la puerta, los deja salir, vuelve a cerrar y los lleva a la enfermería.

Desde la puerta, el mandante mira los movimientos de los presos allá en la enfermería, esperando alguna señal de que lo han delatado, está nervioso y tiene miedo, nunca sabe cómo frenar sus instintos, no supo quedarse tranquilo cuando aquel hombre lo humilló y decidió ir hasta su casa, buscar debajo del colchón el revólver y salir tras el tipo. Ahora agradece que no esté muerto, pero sabe que en aquel momento lo deseó. Advierte al resto de los reclusos, quienes lo observan en silencio desde sus literas, que si les preguntan por lo sucedido todos atestigüen que fue la paliza del oficial de guardia; recuerden: de la celda de castigo se sale más rápido de lo que cualquiera de ustedes puede salir del penal. Según se aleja hacia el final de la compañía comienzan los murmullos; rompan fila, grita, y prepárense para el desayuno.

La galera ya está lista para los oficios; por el lado izquierdo, al comienzo de la compañía, cerca de los lavaderos, están los lavanderos, allí se les entrega la ropa sucia, cuando está limpia se la pasan al que la almidona, luego, al planchador. Unas camas más allá el pintor prepara sus hojas donde hará los dibujos de amor: copas rotas, corazones sangrando, mujeres desnudas, aves heridas, que después llevarán al escritor para que les escriba versos, citas, imagine situaciones, sólo pide nombre y dirección del destinatario, o si quiere decir algo en particular, avisos, recados, alguna pregunta, una disculpa, y por último, a quiénes les envía saludos y recuerdos, ya con eso es suficiente para que redacte la mejor de las cartas. Los picadores preparan sus muletas para hacer tatuajes. Otro prepara el paño para bordar un pañuelo. Un costurero, luego de descoser un pantalón, toma las nuevas medidas para volver a coser justo en la talla del cliente.

La vida en la cárcel ha comenzado también. Sacan a los reclusos que van para el juicio, a los de la cocina, luego a los que trabajan en las oficinas de la Sección, donde se lleva el control del penal; los barberos preparan sus utensilios. Hacen requisa en una compañía, se ve a los hombres que salen desnudos y luego se visten en el patio.

Varias horas después traen a los cinco reclusos de la enfermería y de los interrogatorios. Cosieron una cabeza, a otro la boca, y el resto tiene lastimaduras menores. Al Jábico le entablillaron un dedo y corre hacia el mandante, le enseña el vendaje, dice que sabe que lo hizo sin querer, él fue quien metió la mano, está seguro de que el palazo no era para él. Le informa que uno de ellos tuvo intenciones de hablar pero él le advirtió que si lo hacía le iba a costar muy caro. El mandante lo mira, no sabe qué responderle, hace un gesto asintiendo y lo manda para su cama, después arreglarán ese problema. Pasan varios minutos y el Jábico vuelve a acercársele, insiste en que uno quiso delatarlo, eso es peligroso y en algún momento podría contarle al reeducador. El mandante alza los hombros y sale al encuentro del recluso.

En la galera se escucha un ruido, alguien salta por encima de las literas, corre huyendo del jefe y sus secuaces; de pronto se detiene, mira a todos lados buscando una salvación, un lugar donde no puedan rodearlo; el mandante dice que traigan jabones y zapatos, dos de los integrantes de su guara salen a buscarlos, entran a los pasillos y sin pedir permiso toman todo lo que es sólido, que pueda lanzarse y golpear, lastimar al hombre que no quiere entregarse. Mientras brinca de una litera a otra seguro recuerda cuando saltaba por encima de los tejados para robar.

Aunque separan las camas, el hombre sigue saltando, algunos se sientan a contemplar el espectáculo, se burlan del preso que no sabe ya hacia dónde correr, las posibilidades van disminuyendo, el mandante le tira los jabones y los zapatos para hacerlo bajar de las literas, rebotan contra su cuerpo con tal fuerza que los espectadores han tomado las almohadas para cubrirse; continúan empujándole las camas, sangra de la nariz, pero no se da por vencido; le han alejado demasiado las literas y con sus saltos ya no las puede alcanzar, lo tienen cercado y a varios aliados del jefe aún les quedan jabones y zapatos; el recluso, desesperado, mira hacia todos lados, ahora el mandante sonríe, se sabe vencedor, lo tiene acorralado, pero el otro no quiere entregarse, el pánico no se lo permite, y sin nadie esperarlo, el hombre da un salto y el mandante sólo puede hacer un movimiento de cabeza para verlo pasar por encima de él como si fuera un tigre, más bien tiende a cubrirse con los antebrazos. Podría pensarse que no es más que un intento de suicidio, pero el preso cae en el borde de la hilera de literas de enfrente, recibe otra lluvia de jabones y botas, otros presos corren huyéndoles a los objetos lanzados, o quizá para ayudarlo, porque de pronto se crea un sentimiento de solidaridad, casi sin querer comienzan a admirarlo, es el rebelde que no pueden tener dentro; que el mandante ataque con sus aliados a otro recluso sucede a diario, pero que alguien se haya atrevido a no entregarse, a no ser una presa fácil, nunca había sucedido, se apartan para no estorbar en su huida, corre hacia el final de la galera y el jefe alza los brazos porque cree tenerlo, ya no podrá regresar, lo va a obligar a ir hasta la pared de atrás, hasta la claraboya final, cuando haya llegado a la última litera lo tomarán por el pie y lo harán caer desde lo alto, intenta retroceder pero no se lo permiten, lo obligan a ir hacia el final, sabe que le queda poco tiempo sobre las camas, casi se acaban, la pared del fondo está cada vez más cerca, su desesperación crece, el espacio para huir se estrecha, mira atrás sin encontrar la oportunidad de regresar, llega a la pared, la araña con las uñas, quisiera escalarla, ve la sonrisa cínica del mandante, le tiran los jabones y las botas que quedan, él sólo pone sus antebrazos y sube la rodilla para que choquen contra sus piernas, en un instante, imperceptible para los demás, pero que el asediado sabe aprovechar, y apenas en unos segundos, salta a los pies del jefe que reacciona asustado, da un paso atrás para protegerse, y justo en ese momento el preso intenta escapar, corre por el pasillo central en busca de la salida, el mandante vuelve a alzar los brazos para que lo intercepten, si llega a la reja podrá llamar a los sargentos y entonces lo perderán, un preso así no tendrá miedo a denunciarlos porque no le han dejado otra opción; el mandante está desesperado. Los hombres ven pasar al preso por delante de sus camas con los ojos muy abiertos, aprovecha el instante que lleva de ventaja, todos quieren que llegue a la puerta, que logre que los sargentos escuchen sus gritos e intercedan, que manden para la celda de castigo al mandante y a sus cómplices, y de alguna manera lo ayudan con lo único que se atreven, con el aliento y con el silencio, lo tratan de empujar con la mirada para que alcance la puerta antes que sus perseguidores, pero siempre hay quienes desean tener la confianza del mandante, saben que si son aceptados tendrán su tisana completa y el pan íntegro, que él no arremeterá contra ellos cuando quiera dar un escarmiento, y dos hombres se interponen en el camino del preso que huye, algunos quisieran apartarlos, pero los dos están decididos a no dejarlo llegar, saben que desde este momento entrarán en el grupo selecto del jefe; el preso apresura su carrera para romper la hostilidad de sus oponentes, que más asustados que él cierran los ojos, se cubren el rostro y chocan contra su cuerpo, que cansado rebota, cae al piso bajo la lluvia de patadas y piñazos del mandante y sus hombres, primero trata de cubrirse, luego no vale la pena, deja que su cuerpo indefenso salte por las patadas y los golpes hasta que ya no responde.

Cuando se cansan de golpear, lo arrastran hasta su pasillo para que los sargentos no puedan ver el cuerpo tirado en el piso. Lo dejan sobre la losa y nadie se atreve a ayudarlo.

Un rato después aún se escuchan sus lamentos; con dolor vocifera contra el jefe, maricón, poco hombre, el día que te coja solo vas a saber quién soy. Los que están cerca comienzan a hablar en alta voz para que el mandante no lo escuche.

Telegrama VIII

Mi amor, el próximo viernes tengo visita con jaba. Te juro que extraño a los niños; pero, por favor, si la jaba pesa mucho no lo dudes, deja a los niños.

Tu marido que los ama.

La madre

Entra al salón en busca de su hijo, en la visita anterior le dijeron que por indisciplina lo mandaron a la celda de castigo, allí estaría veintiún días, con media ración de comida y sin sol; así que para verlo, debía esperar al mes siguiente.

Ahora, ella busca entre decenas de presos con sus familiares, sin encontrar a su hijo; es imposible no reconocerlo, los guardias debieron equivocarse y dejarlo dentro de la galera. Va a la puerta a preguntarle a los oficiales; su hijo no está. Ellos insisten en que sí, y le enseñan la foto en la tarjeta que todos tienen como identificación.

La madre regresa al salón y pacientemente busca uno por uno. Al llegar al final y no encontrarlo comienza a llorar, pero comprende que pierde tiempo y que luego los guardias no se lo tendrán en cuenta, así que supera su nerviosismo y reinicia la búsqueda, también infructuosa.

Cuando la vuelven a ver angustiada, los guardias se enfurecen, le dicen que su hijo sí está, que por favor, si ella no lo crió que busque a la persona que lo hizo para que le indique dónde está.

Prefiere callar, sin aclarar que crió a sus hijos sola y nunca tuvo quien la ayudara. Y repasa nuevamente cada rostro. Cuando revisa y no lo encuentra, le da vergüenza molestar otra vez a los sargentos.

En el salón, sólo hay un muchacho que duerme, solitario, con el rostro escondido entre sus brazos, pero por mucho que lo mira, nada le indica que sea su hijo. Está pelado a rape, su cabeza es demasiado pequeña, los brazos flacos, la piel muy blanca y la espalda estrecha. Su hijo es alto y fuerte. Aunque le llama la atención que todos los presos estén con su familia y él no. Se acerca, desconsolada, a pesar de saber que lo hace por gusto.

Con temor, lo toca por el hombro; el muchacho levanta la cabeza y la abraza.

63

Se me terminó la comida. No tengo ropa. Necesito aseo personal; pero no importa. Tampoco me quedan lágrimas. Ni esperanza. Y les informo, antes que se enteren por otro, que en un mal trueque, también perdí la dignidad de varón; pero tómenlo con calma, eso es normal aquí.

La Puerca

Chepe se mantiene acostado en la litera con los ojos cerrados mientras se soba los güevos; a su lado, en el piso, hay un recluso que recién entró en la última cordillera. Dice que es su esclavo. Canta imitando la voz de Julio Iglesias y alguien lo apodó Victrola. Lo pasó por las camas de los que considera de su confianza y hasta lo alquiló por unas cajas de cigarros. Apenas lo deja bañarse y tiene el pelo sucio y se rasca los granos, la punta de los dedos se le mancha de sangre y pus. La canción que más gusta es La vida sigue igual, y cuando la interpreta nadie hace chistes, sólo un aparente silencio, con un murmullo de fondo en sordina. No lo dejan descansar y ha perdido la voz. Han tenido que golpearlo dos o tres veces porque no quiere seguir cantando, estoy cansado, dice y vuelve a recibir golpes; Chepe grita que no le maltraten la mercancía y que allí el único que apalea es él, y se mete la mano dentro del pantalón y exhibe su rabo negro y sonríe con cinismo porque todos voltean la cara evitando la escena; pero nadie se atreve a quejarse, saben que el mandante no está de buenas.

Chepe está de mal humor por culpa del gordito tímido que también entró a la galera en la última cordillera. Lo quiere para él. No se perdona haber sido tan lento. Desde que entró a la compañía y le llamó la atención, debió acomodarlo en su territorio, pero confiado, por ser el mandante, esperó a que llegara la noche para poseerlo; y el Llanero Solitario, más precavido, se olió sus intenciones y dio el zarpazo primero, lo ubicó en su pasillo prometiéndole protección; y el muy gordito, que moría de miedo a ser devorado por tantos salvajes en esa jungla, aceptó entregarse a aquel King Kong, critica Chepe, olvidándose de que él es tan negro como el otro. Desde entonces pasa constantemente por delante de sus camas, vigila que el negrón del Llanero no lo mire, para sacarle la lengua al gordito que rehúye la mirada y se ruboriza, y Chepe se excita más, se chupa los labios, se los muerde. No se ha decidido a aplicar sus mañas porque el Llanero no es fácil, es un presidiario viejo. Lo conoce desde que comenzaron en la cárcel de menores, y sabe que no se dejará arrebatar el faisán. No le da mucha gracia tener un enemigo tan peligroso dentro de la galera, eso le puede traer muchas molestias, además de las horas de sueño que le quitaría. Bastante tiene con el Kimbo que lo azoca, se ha pasado el día mirando para el interior de la compañía, seguramente buscando su cama para planificar algún ataque, uno más de los tantos que se han hecho a lo largo de sus condenas en diferentes prisiones: son enemigos irreconciliables, y Chepe se pasa la mano por la cicatriz del rostro y recuerda que en la última pelea dejó al Kimbo tirado en el suelo pensando que lo había matado, era imposible que un preso pudiera tener más sangre que la que corría por las losas.

Chepe mira desde su cama al gordito que pone los ojos en blanco cuando ríe, y al Llanero que se queda extasiado cada vez que lo hace; han pasado todo el tiempo conversando, un cuéntame tu vida apresurado, ni que mañana fueran a salir en libertad, dice y se mete el dedo en la nariz, hurga incesantemente, y extrae lo que le molestaba, hasta parece que están de luna de miel, gruñe. Con la yema de los dedos comienza a hacer una bolita que trata de tirar, pero se le queda en la uña, repite el gesto varias veces, se incomoda y la pega en la cama del Albino que se desentiende, y aunque quiera protestar prefiere mirar hacia otro lugar porque sabe que el mandante, cuando está molesto, siempre busca un pretexto para golpear.

Chepe observa los gestos delicados del gordito, la gracia del rostro, sus labios carnosos, su piel lisa, lampiña; desesperado llama al Albino: ve y dile a ese negro que venga acá urgente, no quiero cometer una locura, y el otro mueve la cabeza asintiendo, ha puesto los ojos de susto y se limpia las manos que han comenzado a sudarle, conoce bien al mandante y sabe que pronto no podrá controlarse, ve y díselo, a ver si te entiende y acepta y se aparta de mi camino, que no rompa las costumbres establecidas, esto no lo inventé yo, desde que la cárcel es cárcel las cosas han sido así: el mandante es el que reparte, repíteselo varias veces, anda, demuéstrame que me sirves para algo y que si te he perdonado el culo no ha sido por gusto, ve a ver si tienes suerte y ese negro te entiende y quiere negociar.

El Albino, receloso, va a la cama del Llanero, se le acerca sonriente y sumiso, se mantiene inmóvil, esperando que él termine de mover los ojos desconfiados hacia todas partes, como un animal en acecho, después vuelve a mirar al Albino que permanece en el sitio con cara compungida, el Llanero hace un gesto para que se acerque y el otro finalmente respira y entra al pasillo, están un rato conversando. Albino insiste en que recapacite y valore la oportunidad que le dan; pero el Llanero se niega, no acepta tratos, mira a su protegido con una leve sonrisa para que no se asuste, y el Albino no quiere terminar la gestión sin lograr algo, le parece sentir la presión de los ojos del mandante, conoce al Chepe y teme que su rabia se vuelva contra él como si fuera el culpable, le reprochará que no supo explicarse, que se ha puesto viejo y pendejo, por eso tenía esa piel incolora, igual que los guayabitos recién nacidos. Entonces invita al negrón a que se entienda con el Chepe, a lo mejor lo haces desistir de su capricho cuando le expliques que no es nada personal. Albino se da cuenta de que el negrón niega no muy convencido y él insiste, quizá un poco esperanzado, hasta que el Llanero lo mira fríamente, y Albino piensa que se le ha ido la mano y que el otro puede molestarse con él y darle una paliza, y entonces va a decirle que ha terminado, que no volverá a llevarle la contraria, pero para su sorpresa el Llanero asiente, no desea problemas, le explicará que no es un capricho, es algo especial, no soportaría una celda ahora que intenta ser feliz, le pasa la mano por el pelo a su protegido y le promete volver lo antes posible; recorren la galera sumida en un silencio total hasta la cama del mandante que está subido sobre la litera con las piernas entrecruzadas como un faraón. Albino se aparta.

El Llanero le explica, pero Chepe insiste, dice que primero el mandante, por pura disciplina, por tradición y respeto; después lo devuelve, así es como ha sido siempre y lo sabes muy bien; Llanero se ríe, está seguro de que miente, sabes que si lo pruebas una noche no querrás devolvérmelo. Chepe sonríe, no puede ocultar la mentira y lo sabe, insiste en que cumplirá su palabra; pero el negrón repite que no, esta vez no, Chepe, aquí me juego la vida y te pido que no lo tomes a mal, nunca me he esforzado tanto porque alguien me entienda, verdaderamente nunca me importó. El mandante, impaciente, se pasa la mano por la cara, le propone cambiárselo por Victrola y el negrón tampoco acepta, la música no es mi fuerte; el jefe respira con fuerza, dice que no entiende ni va a entender que se haga de otra forma que no sea como dicen las reglas, después los demás querrán hacer lo mismo y entonces el problema será doble, el mal se corta por lo sano, ¿comprendes, Llanero, que me estás obligando a algo que no deseo hacer? Piensa si vale la pena enfrentarme. En la galera hay más, te doy el que tú quieras, si es tu deseo escoges dos; te prometo que en la próxima cordillera te doy el que me pidas; pero acaba de razonar que no me dejas otra alternativa que destruirte, porque es preferible enfrentarte a ti ahora, que después a la galera completa;

cuando quieran imitarte, se pondrán a repetir lo que dicen los re-educadores: que tenemos los mismos derechos, ¿has oído cosa más loca? Aquí los derechos se ganan individualmente, ¿verdad, Llanero? Ahora, ¿qué me dices? Antes de responder, el Llanero mira al techo, lo recorre con mucha paciencia: si no hay otra op-ción, entonces, mátame, dice y espera con la mayor naturalidad, con una mirada que no es agresiva y por eso asusta más. Chepe se altera, levanta la voz y el resto de la galera hace silencio en espera de que algo ocurra, le grita que no sea bruto, estás jugando con candela y segurito que te vas a quemar, eso te lo juro, y besa la cruz que hace con los dedos, tanto lío por el gordito, total, parece una puerca en celo, y el Llanero, que sabe que se encuentra en territorio ajeno, regresa a su pasillo sin contestar a las humilla-ciones, porque eso es lo que es, una puerca, ¿oíste?

La compañía ríe y Chepe sube a la litera y grita que le parte el culo al que se ría, pedazos de puta, y un profundo silencio se ins-tala de nuevo en el lugar, los rostros pálidos y sudorosos. De re-pente, lo ven tirarse de la cama y correr hacia el baño con un pote en la mano, y tiemblan, tarda unos segundos y regresa, lanza al aire un líquido que cae como una llovizna sobre los cuerpos y las camas, y el olor les avisa que es orina; entra a buscar más, los re-clusos se cubren con toallas y sábanas sin abandonar sus pasillos, saben que si violan ese mandato después el Chepe podría ser más desagradable, porque todavía no es lo peor que puede sucederles, queda la posibilidad de que les tire mierda. El mandante continúa arrojando orina mientras ofende y provoca a los reclusos para que se le enfrenten; se molesta aún más al ver al gorila hablándole al oído a la Puerca, sonrientes, sin importarles que los mojen con desperdicios, y corre desequilibrado hacia el fondo de la galera, busca su cama, rastrea debajo del colchón y regresa, casi frené-tico, hasta la litera del Llanero: sal para fuera, a ver tu coraje, dice, y tiene los ojos rojos y grandes como si hubiera fumado marihuana. El negrón levanta la vista lentamente, permanecen calándose, reconociendo el terreno, por fin se decide a salir con mucha lentitud, sonríe, camina sin miedo, normal, como siempre, se detiene frente al Chepe que juguetea con una cuchilla mohosa en la mano, la hace bailar entre los dedos como un mago, y el Llanero la mira, todavía seguro de que nada va a ocurrir, aunque Chepe lo esté amenazando, amaga haciendo círculos con los brazos, estudiando para sorprenderlo en el primer movimiento en falso, buscando una oportunidad para embestir, y el negrón permanece inmutable, desconcertante, persiguiendo la cuchilla con los ojos, hasta que levanta los brazos y se cubre con un estilo de boxeo antiguo, los puños hacia arriba, acechando detrás de sus brazos fornidos que hacen de parapeto, una muralla africana que recibe los primeros cortes sobre otras cicatrices, pequeñas incisiones por donde brota la sangre y que el Llanero apenas percibe, como si no fueran sus brazos. Los secuaces de la mandancia, Albino, Jábico y Calabaza, junto a otros, aunque tienen miedo, esperan una señal del jefe para agredir al contrario. El mandante sigue moviendo la cuchilla con gestos de samurái, como si jugara, quizá tratando de marear al Llanero, lo que no logra porque este atiende a los giros y cambios de mano que realiza Chepe con el metal. Pasan un rato marcándose a la defensiva, Chepe no vuelve a intentar cortarlo. Entonces Calabaza dice que dejen eso, van a ir a parar a la celda por una Puerca, que no lo vale, sabemos que al mandante realmente no le interesa; Chepe y el Llanero detienen los movimientos, pero continúan mirándose. Calabaza aprovecha, avanza lento, se va interponiendo entre los dos que no pierden concentración, se vigilan: ya el negrón tuvo su merecido, dice; con seguridad el Llanero o cualquier otro se medirá antes de tomar una decisión que afecte al mandante; y al unísono, sin darse la espalda, se van alejando hacia sus camas. Llanero se sienta sobre la litera sin advertir la sangre que corre por sus brazos, y le sonríe al gordito que lo espera nervioso, y continúan conversando como si nunca los hubiesen interrumpido.

Chepe sale por el pasillo todavía con la mirada de loco, le grita a Calabaza que no vuelva a hacerlo, estuvo a punto de cortarlo, por eso le va a retirar la consideración que le tiene. Dice que no quiere a nadie fuera de su pasillo, ni siquiera después del recuento.

Durante el resto de la noche se respiran tensiones, muchos deciden no dormir por temor a ser sorprendidos en medio de otra pelea entre el Chepe y el Llanero; el primero se mantiene en el fondo de la compañía para no tener que pasar por delante de la cama de su enemigo.

Kimbo vuelve a rondar por la reja, finge acompañar al enfermero que reparte las pastillas. Mira en silencio a los reclusos, pide un fósforo y enciende un tabaco. Se esparce la humareda por la galera. Los hombres aliados de la mandancia permanecen atentos a sus movimientos, con quiénes habla, y si entrega o recibe algún papel, para poder interceptarlo.

Se escucha la voz de Victrola, está como siempre a los pies del Chepe, que sólo abre la boca para pedir que repita la canción. Cuando dan el silencio, el mandante hace traer a Matías, la Maga, famosa por hacer desaparecer la carne dentro de su cuerpo. Le dice al jefe que pensaba que no la iba a ir a buscar esta noche, como ahora estás con la majomía de la Puerca, creía no tener espacio dentro de tus deseos. Chepe la empuja, y la Maga dice suave, papito, yo soy igual que el mar cuando aparenta calma, me desplazo lentamente, abrazo y me apodero de la situación, tú verás cómo se te pasa ese malestar, y el mandante vuelve a mirarlo malgenioso. La Maga decide callarse y le besa las piernas flacas y lampiñas, se introduce en la boca sus dedos largos y suaves como los de todo preso viejo, después le besa el sexo, que comienza a ponerse erecto, esa Puerca no sabe lo que se está perdiendo, dice y Chepe la manda a callar, concéntrate que hoy tengo el día malo; la Maga lo recorre con la lengua, y de soslayo mira a Victrola que hace una mueca de asco, la Maga sonríe y lo llama, ven para que pruebes, y el otro se niega y evita mirar; la Maga le pregunta al mandante si no quiere sentir dos lenguas recorriéndolo; Chepe lo piensa y el miembro se le endurece más, la Maga vuelve a llamar al cantante, y como el otro no le responde mira al jefe para que lo haga él; ven, dice Chepe, y Victrola sigue negando, eso no le gusta, te dije que vinieras, no te pregunté si te gusta o no; se acerca temeroso, repite que eso no le gusta, el mandante lo amenaza, si se molesta va a ser peor: nada más es pasarme la lengua, no me hace falta otro culo, si eso es lo que te asusta, con el de él me basta, y señala a la Maga que sonríe; Victrola permanece en silencio, la Maga le pregunta si le gusta la galletica de dulce, y él responde tímido con un movimiento de hombros, entonces con gestos amanerados, la Maga busca en el jolongo del jefe, saca tres galleticas, las parte en cuatro y pone un pedacito sobre el glande; ven, dice el Chepe, come, no me gusta que me desprecien lo que brindo de buena fe. Victrola quiere negarse pero el mandante hace un gesto de impaciencia y saca la cuchilla mohosa, se la enseña, Victrola se acerca temeroso, la Maga, sonriente, le empuja la cabeza y él cede y coge la galletica con rapidez y regresa a la posición anterior; la Maga pregunta si le gusta y vuelve a depositar otro pedacito, hasta que en la tercera o cuarta vez le dan un último empujoncito que le hace resbalar los labios y sentir el pedazo de carne latiendo en su boca.

Transcurren los días, y el Llanero tampoco va al final de la galera, salvo a buscar el desayuno, y trae también el del gordito, que apenas sale de su pasillo, sólo para lavarse la boca y bañarse, siempre protegido por el negrón. La mayor parte del tiempo la pasan conversando, al Llanero le salieron postillas en las heridas, su acompañante lo curó con delicadeza. Por las noches utilizan de parabán frazadas que ponen a los lados de la litera; por momentos la cama vibra, se detiene, y deja escapar un vaho, un calor sofocante. Los que duermen a su alrededor se excitan, y van al baño a masturbarse.

Victrola ha decidido no continuar cantando y siempre anda triste y asustado. Chepe ya no lo golpea por temor a dejarle alguna marca en el rostro y eso le cueste una celda de castigo.

Aunque el Kimbo sea el jefe de patio nunca rondó la galera con tanta insistencia como ahora. Y desde que lo vio buscando un pretexto para entrar a la compañía, Chepe arrancó varios pedazos de angulares que sostienen las patas de la litera y los está afilando con la pared, dice que no lo van a madrugar. Ha dejado de sentarse en la puerta por miedo a que el Kimbo le tire mierda o quiera pincharlo a través de las rejas. Por eso puso en un puesto de observación al Albino para que vigile los movimientos del Llanero y el Kimbo, no vaya a ser que se pongan de acuerdo y me jodan. Abre bien los ojos, Albino, si me sucede algo y vuelvo a pararme, vas a perder el ojo del culo. Y el otro mueve la cabeza negando con insistencia, descuida, Chepe, te consta que por el olfato soy un perro, nada más que piensen joderte, vengo y te aviso. Y el tiempo pasa y no hay aviso. Chepe le hace una seña al Albino para que vaya hasta su cama, lo hala por la camisa, le pregunta si está esperando que lo madruguen para avisar. Este mueve la cabeza, no sabe nada. Entre el Kimbo y el Llanero no ha visto ninguna intriga. A lo mejor hasta eres cómplice de ellos, pendejo, lo insulta el Chepe, y el otro continúa negando con movimientos rápidos de cabeza. Entonces ve y averíguame qué traman esos negros. Albino acepta con gestos obedientes.

Hace rato tocaron la campana del silencio y el penal aparenta dormir. Aunque se mantenga la luz encendida día y noche dentro de la galera, no permiten leer ni escribir cartas ni conversar después del silencio. De repente, abren la puerta y varios presos entran corriendo con el rostro cubierto con tela, hay confusión, y Chepe se tira a coger el hierro, pensando que vienen hacia él, Calabaza se mantiene indeciso ante la mirada de súplica del mandante para que lo proteja, el Albino se hace el dormido hasta que el jefe lo empuja con el pie; los reclusos van a la cama del Llanero, lo sorprenden abrazado a la Puerca, lo sujetan y halan a su acompañante, lo tiran de la cama, lo arrastran pataleando por el pasillo, el negrón forcejea inútilmente, entre dos tipos han subido al gordito a los hombros y se lo llevan al patio que se mantiene oscuro; entonces sueltan al Llanero y corren buscando la salida, con rapidez cierran la puerta, y el negrón desesperado llega a la reja, saca el brazo y agarra por el cuello al que pone el candado, lo inmoviliza, otro lo muerde, el Llanero grita, soporta, continúa apretando su mano, quiere que le devuelvan a su amigo, vuelve a gritar de dolor y no puede resistir más, suelta al hombre que cae al piso sin fuerzas y el otro lo recoge y lo arrastra mientras escupe sangre.

El Llanero llora, llama a los guardias, que lo ayuden, por favor, ni siquiera se ha mirado el brazo que sangra. Se deja caer sin fuerzas delante de la puerta, golpea el piso, se golpea, vuelve a clamar por los sargentos, le han robado, grita; desde otra compañía se burlan, piden que se calle y no joda más, seguro que después se lo devuelven, no olvides ponerle fomentos, y ríen. El Llanero los ignora, sigue exigiendo la presencia de los guardias, que vengan rápido, hasta que le responden: ya va, gritón, pareces una vaca parida. Se acercan los soldados de la guarnición, el negrón pregunta por los sargentos, le responden que hoy no hay sargentos, están ellos que son generales, sonríen; Llanero quiere explicarles, no lo dejan terminar, le dicen que se acueste, resolverán ese problemita, pero él no entiende, se les queda mirando fijamente, le repiten que vaya para su cama, y no quiere entenderlos. Sin moverse, pide que se lo traigan ahora, abren la puerta y lo empujan, ve para tu cama, acepta el consejo, es por tu propio bien, lo siguen empujando, retrocede y da un paso adelante, lo agarran por los brazos y las piernas y lo alzan sin que se revire, seguro pensando que lo llevarán con el otro, lo sacan, cierran la puerta y se alejan hasta perderse en la oscuridad del patio. Pasa un rato y se escuchan sus gritos que vienen de la oficina de Orden Interior rompiendo la quietud de la noche en el penal, grita pinga, cojones, se caga en sus madres, se oyen unos ruidos secos, que tampoco lo hacen callar, le insisten en que haga silencio, pero ya no hay quien le cierre la boca, hasta que los soldados, previendo que no cese de gritar, se miran impotentes, lo amordazan, lo arrastran por el patio, lo llevan para la galera, y lo tiran en su cama; Llanero se saca el trapo de la boca y continúa llamando a los sargentos hasta que la voz comienza a fallarle, y los guardias deciden ignorarlo, y se van.

Al amanecer todavía llora, desde su cama mira con insistencia hacia la puerta, que de repente abren, lanzan a la Puerca que se golpea con el piso, y la vuelven a cerrar. El Llanero corre a ayudarlo, pero él lo esquiva, se levanta solo, con los ojos llorosos y el rostro húmedo, mira al fondo de la compañía, el negrón se arrodilla y le besa los pies, le dice que no sucederá más, le jura que no dormirá, se mantendrá atento por si lo intentan otra vez, el gordito no lo escucha, sigue mirando hacia el final de la galera, su cuerpo tiembla, a veces las piernas le fallan y parece que va a caer, pero vuelve a reponerse, el Llanero le pide perdón, que no lo ignore. Con dificultad la Puerca avanza con pasos cortos, se aleja de él que llora irremediablemente, lo persigue arrodillado, pidiendo que lo perdone; se asusta cuando lo ve rebasar la litera y continúa caminando, piensa que está mareado y le avisa que es aquí y le señala su cama, trata de tomarlo por la mano que con un gesto rechaza. La Puerca va hacia el fondo de la galera apenas moviendo el cuerpo, rígido, como una recién parida. Llanero no sobrepasa la litera, lo llama, le pide que regrese, coño; pero no lo escucha.

Llega a la cama del Chepe que con rapidez sacude y estira la sábana. La Puerca se acuesta boca abajo, tiene el pantalón manchado de sangre. Chepe le limpia las lágrimas con la mano, duerme, no tengas miedo, yo vigilo, le dice, mientras le acaricia el pelo y lo mira con ternura.

He firmado mi fianza. Por lo que más quieran, vendan todo en la casa; pidan prestado o al garrote y no importa el interés a cobrar.

Por Dios, sáquenme de aquí.

La Mula

Trabaja en la enfermería y le dicen La Mula porque carga las medicinas y todo lo que se mueve lícita e ilícitamente en el penal. A veces un mandante sale en auxilio de algún paisano que se encuentra en otra galera, y utilizan a La Mula para enviar un angular afilado que limpie honores o prevenga ataques enemigos. Además, mueve las ventas de comida, ropa, cigarros y jabones. Se le puede pedir un repuesto de bolígrafo, sobre, papel de carta, aguja, pastillas de Parkisonil. Alguna que otra vez lo mandan a repartir excremento dentro de un nylon como ofensa o advertencia. Todo lo resuelve como un mago.

El elegido como mula es casi siempre un infeliz, alguien que no tiene valor para enfrentarse a otro preso. En ocasiones te preguntas por qué una persona insignificante y débil es tan respetada. Contradictoriamente, tiene en sus manos tu suerte y tu vida: una demora de varios minutos o un aviso no entregado puede cambiarlo todo. Él juega con el destino, a veces lo decide, y nunca se sabe cuándo te puede salvar o hundir.

Telegrama XI

La propuesta de mi hermano que al principio tanto me humilló, la he reconsiderado: acepto que le paguen a esa muchacha que él conoce y tráiganla al pabellón lo más pronto posible.

PABELLÓN

Asustada, se detiene frente a la puerta. Le falta el aire pero trata de ocultarlo. No es bueno que la vean así, desprotegida, cuando debía demostrar lo contrario, que está decidida a cumplir su encargo sin temor.

El sargento abre la puerta del cuarto y parece otro lugar si se compara con la sordidez de la entrada a la prisión, sobre todo después de dejar atrás la alteración de la gente por ver a sus familiares; luego, atravesar el penal y escuchar los chiflidos de los presos o sus voces diciendo palabras obscenas por los huecos de las galeras. Y por último, entrar a un edificio con lóbregos corredores y frías paredes que intentan abrazarte para conseguir un poco de calor.

El hombre está sentado frente a una pequeña mesa rodeada de dos sillas. Detrás, la cama y cuando ella la observa se sobrecoge. La puerta comienza a cerrarse a sus espaldas y al voltearse alcanza a ver la cara risueña del militar. Al mirar hacia la mesa una sombra se lo impide, el hombre ha avanzado sigiloso y se detiene a un paso de ella.

—Pensé que tardaría muchos años en volver a ver a una mujer de cerca.

La observa, le recorre la silueta lentamente, no con lujuria, como ella esperaba, sino con curiosidad, sorpresa.

—¿Te asusto? —pregunta él.

—¿Por qué tendría que asustarme? —Camina hacia la mesa y deposita la jaba.

—¿Me vas a decir tu nombre?

—Rusmini.

—No conocía a nadie que se llamara así.

—Ya sé que es feo.

—A mí me resulta más misterioso que feo.

Ella vuelve a mirar la cama con miedo.

—¿Ya te pagaron?

—La mitad... Tienes que hacer un papelito que diga que me paguen los diez dólares que faltan y si quieres que yo vuelva otra vez.

Se hace un silencio largo. Él ha dejado de observarla. Ahora mira hacia una ventana abierta que han dibujado en la pared y por la que se puede ver un paisaje del campo con gallos, cerdos y vacas. En lo alto, vuelan varias aves. Y comienza a reír.

—¿Qué pasa?

—Nada... No es contigo. Es que... mirando ese paisaje me pregunté de dónde será, ahora es muy difícil ver cerdos y mucho menos ¡vacas! ¿Te imaginas?

Ella también tiene deseos de reír; pero prefiere no hacerlo, quizá eso pueda crear una confianza que no quiere permitirle. Y abre la jaba y saca varios potes con comida. Luego se sienta a observarlo mientras come.

—¿Por qué no me acompañas y te sirves?

—Tu familia me advirtió que no tocara los alimentos, que luego en una carta te iban a decir todo lo que enviaron, para comprobar que no había sacado nada.

—¿Eso te dijo mi familia?

Y mueve la cabeza como si no importara.

—Bueno, ¿y si digo que no comiste nada? ¿Si lo dejamos como un secreto que no saldrá de estas cuatro paredes?

Ella niega con un gesto de cabeza.

—Me advirtieron que revisarían mi boca para buscar restos de comida.

Mientras, él mira hacia la pared y estira los brazos como para cerrar la ventana dibujada.

–Esto es para que nadie de mi familia te vea comiendo –dice y le hace un guiño.

Esta vez ella no puede reprimir las ganas de reír y lo hace.

–Eres cómico –lo dice y luego se arrepiente porque comienza una comunicación peligrosa para ella.

Antes de llegar venía pensando en que quizá le gustaría pegarle cigarros en la piel mientras hacían el sexo. O que la tuviera demasiado grande y quisiera cogerla por atrás.

–¿No quieres ser mi amiga?

–No.

Él ahora mira por la ventana como si realmente se creyera lo que está del otro lado.

–¿Y si nos escapamos?

Lo mira sospechando que era cierto lo que le habían dicho de él: está loco.

–¿Te atreverías a cruzar conmigo esa ventana?

–Te puedo seguir el juego si eso es lo que quieres.

–No, ven –y le extiende la mano y la hala. Ella, al principio, se resiste pero luego se deja llevar. Se acercan a la pared.

–¿Ves?

Y le parece que una gallina se mueve. Entonces cierra y abre los ojos varias veces. Él estira el brazo y atraviesa la pared. Rusmini también lo hace y siente su mano pasar a través de una cascada gelatinosa; del otro lado, el viento fresco choca contra su piel. Y lo ve cruzar una pierna por la ventana.

–Apúrate, no vaya a ser que los guardias regresen antes de tiempo –le dice él.

Finalmente, salta hacia el otro lado y estira los brazos mientras la espera. Lo curioso es que Rusmini no se pregunta cómo pudo suceder. Sólo cruza hacia el patio y las gallinas y los cerdos que merodean el lugar los miran espantados. Varias vacas mugen desde el campo. Dos caballos ensillados esperan debajo de la mata de caimitillo. Él la lleva de la mano hasta las bestias, la sube a la silla, y salen aprisa, galopan por los caminos, se bañan desnudos en el río y hacen el amor.

Cae la tarde y regresan en silencio. Amarran los caballos bajo el mismo árbol y corren hacia la ventana. Él la ayuda a escalar, y ya en la habitación, ella abre los ojos, tiene aún la mano pegada a la pared.

Caminan hasta la mesa. Un rato después, el guardia abre la puerta sin avisar y los encuentra sentados, en silencio. Sólo eso, se miran profundamente. Él escribe un papel aprobando que le paguen la otra parte acordada y ella lo guarda de inmediato.

–¿Vas a volver?

Ella mueve los hombros.

–Me gustaría mucho.

–No sé. Quizá sí, pero no sé.

Sale y el guardia cierra la puerta, con un tirón tan fuerte que la hace despertar, comprender que va de regreso, que el tiempo pasó y estuvo allí.

Los corredores, sombríos y sucios, ya no le importan tanto. Y mira al sargento que espera impaciente, y se descubre detenida en medio del pasillo. Observa su reloj y parece cierto que han transcurrido cuatro horas desde su llegada.

Vuelve a caminar. Entonces, le pregunta al guardia cómo se llama el preso que acaba de dejar.

Telegrama XII

83

Mi gente, no vengan a la visita porque me sacan de cordillera. No tengo idea para dónde me llevarán. Esperen noticias.

Abrazos, Atilio.

El Padrino

Lo traje oculto bajo la camisa y temía que los guardias lo descubrieran. Me habían prestado El Padrino, con la condición de devolverlo al día siguiente; por eso, desde que me lo entregaron me fui para la galera y comencé a leerlo sin levantar la vista de sus páginas.

Apenas atiendo lo que sucede en la compañía, a veces discusiones, quejas de robos, alguien convenciendo a otro para que le proporcione masajes en su sexo, avisos de guardias que se acercan a la puerta para hurgar en el interior de nuestra convivencia. Lo paso todo por alto, cosa peligrosa para un preso.

Varios soldados recorren el patio, según comenta uno de mis vecinos de litera, algo traman. Lo más común en esos casos son requisas relámpagos, para que los presos no tengan tiempo de ocultar las armas confeccionadas con pequeños hierros zafados de las camas a los que les han afilado la punta contra la pared, o las cuchillas cambiadas por cajas de cigarros a los barberos del penal o, gracias a la sorpresa, no puedan destruir los dados y las cartas para el juego prohibido; podrían encontrar también las muletas de los picadores para confeccionar tatuajes; o sorprender dentro de un pequeño papel escondido en la guata del colchón algunas pastillas compradas al enfermero para escapar, al menos mentalmente, de este encierro; o los destiladores que le extraen el alcohol a los tubos de desodorante para luego venderlo. Los sargentos saben que no le pueden dar oportunidad al preso de olerse la requisa porque enseguida ocultará todo en lugares impensados y, si se siente perdido y no tiene dónde esconder los objetos ilegales, los tirarán en cualquier rincón y después nadie sabrá quién es el dueño.

En medio de la compañía cuelga un cartel con letras parejas y redondas con la tabla de sanciones contra delitos dentro del penal. Hacer tatuajes, un año que se le suma a la sanción. Dejarse hacer un tatuaje, seis meses. Juego ilícito, ocho meses. Consumir medicinas utilizadas como drogas, dos años. Sodomía, cuatro años. Es una lista larga, el A-B-C de los reclusos.

El libro lo habían tomado sin permiso de Ahmed, el jefe de la Sección, un periodista muy inteligente y capaz al que le auguraban una carrera brillante si no hubiese descubierto que su esposa lo engañaba con un escritor de mala muerte y se le ocurriera darle candela a la casa mientras ella dormía. Su muerte le costaba ahora una sanción de veinte años. Ahmed guardaba en su biblioteca personal un grupo de libros que estaba prohibido prestar a los presos por la violencia descrita en sus páginas. El bibliotecario me lo dio a cambio de una caja de cigarros que le ofrecí. Lo pondría en la mañana antes que los ojos del jefe recorrieran los estantes.

Vito Corleone conversaba con Luca Brassi, le pedía que fuera a ver a Bruno Tataglia para...

Mis vecinos insisten en que los guardias traman algo. Allá, en las oficinas del Orden Interior se reúne, sospechosamente, una cantidad de guardias. Levanto la vista del libro y me percato de los movimientos del mandante y sus cómplices, están escondiendo sus armas, han ido al baño, las ataron a un hilo que dejaron caer por el hueco de la letrina.

El capitán McCluskey le había dado un puñetazo a Michael Corleone y la familia estaba preparando la venganza...

Unos guardias se detienen frente a la reja de la galera, han pedido silencio, avisan que a las diez de la noche el penal quedará en penumbras, se hará en toda la ciudad un ejercicio militar para casos de ataque aéreo. El teniente pide cooperación y disciplina, la compañía que no mantenga silencio recibirá la visita de toda la guarnición; nunca la he visto bajar a las galeras, pero cuentan los presos viejos que cuando lo hace no queda nadie ileso.

El teniente se retira y va hasta otra compañía para decir lo mismo. El patio se ha llenado de guardias que logramos ver con facilidad porque están bajo los grandes faroles; ellos a nosotros no, las galeras son profundas y, a pesar de tener luz, son oscuras para los que vienen de afuera.

Apresuro la lectura, temo que con tantas interrupciones no pueda terminarla; me privé de una caja de cigarros con la que podía comprarme un pantalón que necesito para salir al público. Los mejores pantalones son los que confeccionan los maricones, ellos los desarman y vuelven a coserlos con doble costura perfecta, y quedan ajustados al cuerpo del que lo compre, además, le bordan en los bolsillos traseros la marca, Lois, Levi's, la que se nos antoje.

Se escucha el cañonazo y nos estremece como cada noche, dejando dentro la añoranza de nuestros años libres, pasamos un tiempo en silencio, recordando mujeres, escenas, palabras, olores, sensaciones; ya nadie hace comentarios de los fusilados en los fosos a esa misma hora.

Varios guardias se paran frente a la galera, miran insistentemente sus relojes. Del otro lado de la bahía llega el sonido de las sirenas que suponen sea el aviso de que la aviación enemiga se acerca. Por primera vez en varios años no hay electricidad, nos hemos quedado a oscuras, muevo las manos para intentar ver su silueta y no puedo. Se escucha un ruido y una queja, es una bota que ha chocado contra un cuerpo. Me pongo boca abajo y me cubro la cara con los antebrazos y la almohada encima. Ha comenzado una guerra chiquita, por el aire van de un lado a otro jabones y zapatos; varios reclusos se quejan cuando sienten el impacto; los guardias gritan exigiendo orden, nadie les hace caso, el teniente alumbra con una linterna y amenaza con que si proseguimos vamos a saber lo que nos puede costar, le gritan ¡cállate, puta!, y un jabón choca contra él con tal fuerza que la linterna cae al piso, se retiran y la alegría por la victoria provoca gritos tribales y se multiplican los lanzamientos. Han encendido papeles y hay peste a guata quemada. El tiempo transcurre sin que los guardias puedan detener la indisciplina, tampoco lo han vuelto a intentar.

Las sirenas callan. Los gritos van cesando, los lanzamientos se acaban, nos envolvemos en un silencio desolador, nos ronda el miedo. Vuelve la luz y todas las miradas se dirigen hacia la puerta de entrada de la galera, el patio está completamente vacío. El piso denuncia el desastre, lleno de pomos plásticos, jabones, zapatos, almohadas y guata humeante. Quizá haya sido un ataque cierto y los soldados han comenzado a huir. ¿Quién nos sacaría de aquí? Si los invasores no pudieran tomar la ciudad con facilidad o viceversa, y cuando uno de los dos bandos tome la prisión en sus manos, es posible que ya estemos todos deshidratados y muertos de hambre.

Cuando avisan que viene la guarnición me doy cuenta de que todo no es más que imaginaciones mías, en realidad debía estar atento al peligro que me rodeaba. Tomo el libro, me lo pongo sobre la cara y cierro los ojos; abren la puerta y decenas de botas comienzan a entrar, escucho los primeros golpes secos de las patadas que chocan contra los cuerpos, los puños golpeando rostros y cabezas, quejidos, camas empujadas, pedidos de no me den, por favor, llantos de dolor, siento que alguien se me acerca, el libro está al revés, de un manotazo me lo quita y veo las hojas volando; un puño da contra mi pecho, me quedo sin aire, giro y me dejo caer desde la altura de mi cama hasta el piso, estoy aturdido, una bota me aplasta, hago un esfuerzo por levantarme pero es inútil, abro los ojos y nada está en su lugar, las camas corridas, los colchones en el piso, los jolongos lanzados, virados; descubro las cartas de mi madre aún dentro de su nylon y estiro el brazo para alcanzarlo pero el guardia me pisa la mano y me corta la intención, me arrastro en lo que se entretiene en golpear a otro y me oculto debajo de la cama, halo una colchoneta y me cubro, alguien me grita que salga, y veo sus manos tratando de alcanzarme, levanta la colchoneta justo en el instante en que ve una presa más fácil que trata de escapar muy cerca de él, lo atrapa y se olvida de mí. Pasa un rato, todavía oigo los gritos de dolor y los golpes y el sonido de la reja al cerrarse, cuando pasan el pestillo y ponen el candado. Temo sacar la cabeza y que una bota militar venga por mí, espero un rato y luego aparto un poco el colchón, no diviso nada por los alrededores, siento el dolor en la espalda, el pecho y otros lugares; en la medida en que me lo permiten los dolores me levanto, tengo mareos y siento los latidos del corazón en los oídos, en los ojos y hasta en los pies. Sujeto la colchoneta y me incorporo con dificultad, recojo la correspondencia de mi madre, beso las cartas y las guardo con el resto de mis pertenencias. Busco el libro y además de estar estrujado por las pisadas de las botas se le ha desprendido la cubierta. Seguro que el dueño pondrá cara de susto hasta que le lleve otra caja de cigarros, que busco y no encuentro, los guardias se las llevaron. Parecemos soldados vencidos que regresan del combate.

Trato de arreglar el libro, de ordenar sus hojas, las estiro, arreglo sus puntas, miro a mi alrededor, pienso en Vito Corleone cuando, apenas siendo un niño, llegó sin familia y enfermo de viruela a Nueva York. Pienso en el destino. En la cabrona vida.

Luego, lanzo el libro lo más lejos que puedo.

Telegrama XIII

Mi gente, les aviso que ya estoy en otra prisión. Aún no tengo idea de dónde me encuentro. Sigan esperando noticias.

Saludos, Atilio.

El ranchero

Todas las mañanas se va para el fondo de la compañía con su guitarra a tocar viejas melodías rancheras, su voz está gastada y da la sensación de que le raspa el oído a quien lo escucha. Nadie le dice que se calle por respeto a sus años de prisión y por el muerto que dejó ensartado en su cuchillo. Asegura que está viejo y cansado y que joderá al juez porque no cumplirá la sanción completa: piensa morirse antes; cada vez que lo repite ríe a carcajadas como si fuera una gran broma.

Siempre anda enseñando a tocar la guitarra a algún joven de nuevo ingreso. Luego, a los pocos días, lo abandonan, le rehúyen y dicen que ya no les interesa la música.

Ahora tiene de alumno a un muchacho que aprende el movimiento de los dedos; suave con esas yemas, le dice, y con gesto delicado le sujeta la mano, no hay apuro, el arte es amor y se le pega por la espalda y le acaricia los dedos.

En los campos de batalla en África, frente a las balas, era más fácil que la actual que libro en esta prisión. Allí sabía quién era el enemigo y a veces, hasta por donde venían las balas. Al menos sabía a quién matar, y eso brindaba tranquilidad porque de alguna manera, garantizaba mi vida. Aquí, todos, incluyendo los guardias, parecen enemigos.

EL ANGULAR

De tanto darle filo, la punta del angular es finísima como la de un lápiz.

—No quiero fallar, ese hombre se va a morir. Ya está escrito y será con este —y señala el hierro. Después mira las nubes a través de la claraboya—. Lo voy a partir en dos.

El que está frente a él mueve la cabeza negando:

—Es una locura —asegura.

—Lo cierto es —insiste el primero—, que locura o no, ya puedes darlo por hecho. Estos años no han sido en vano y no me importa que sólo me falte una semana para irme en libertad; de todas formas, la vida afuera no vale vivirla si no se va a disfrutar; después de manchar el hierro, seré menos infeliz aquí.

—¡Pero coño, paisano!, no entiendes que tu familia está esperándote, que han sido muchos años encerrado en esta humedad, que te mereces un poco de sol y aire libre.

—En estos momentos no me importa lo que merece mi familia, ni mi vida, sólo sé lo que merece un tipo como él.

Continúa pasando la punta del angular por la pared, se detiene, la observa como si fuera un trabajo de orfebrería, y vuelve a rozar la punta en el concreto, más bien parece una caricia.

—Es que no puedes entender esta actitud que asumo obligado por las circunstancias. Nunca podrías. Después que un soldado pasa consciente por un campo minado, ya no volverá a ser el mismo, ese siempre será el límite, nunca dirá que no cuando le pidan el próximo sacrificio porque sería borrar aquel otro por el que se jugó la vida; y yo he pasado estos años evadiendo la muerte, los deseos sexuales de otros presos y reprimiendo los míos, soportando el hambre, la angustia por la separación de la familia, la añoranza por todo lo que antes consideraba normal y ni siquiera reparaba en ello, los maltratos de los guardias; al final, sólo me he quedado con mi moral y te aseguro que no es fácil pasar por este mundo y salir sin manchas; esa es mi única riqueza, lo único que traje; es lo que me ha hecho ser fuerte en estos años. Y ahora, después de una larga carrera, en los últimos cien metros, no la voy a perder.

La galera está en silencio y todos se mantienen sobre sus camas tratando de ignorar lo que ocurre, las literas se mueven por la inestabilidad que produce haberles arrancado los angulares, la unión de la cabilla vertical con la horizontal; y esta vez el silencio general no es por el olor de siempre: hombre en celo arrinconando a su presa; hoy huele a humedad dentro de una caja de madera mala; a la mierda y a la orina que el hombre expulsa en su último aliento y que tantas veces han respirado desde el primer día de encierro, cuando un pinchazo es avisado con un grito apagado, un quejido que no es de dolor, sino más bien expresión de que algo ha salido mal y ya no se puede enmendar.

—No pienses que fui ingenuo, antes de decidir que iría a defenderte estuve contando los pocos días que me quedaban para irme en libertad; pensando en las ganas que tengo de caminar por un parque de La Habana, enamorar a una mujer, subirme al muro del Malecón, comerme una pizza, montarme en una guagua y cederle el asiento a una señora... Pero como a mí, a ti también te quedaba poco tiempo, mucho menos, te faltaban minutos, y cuando supe que ya nada te salvaría, que te bailarían uno a uno, para luego burlarse cuando pasaras lastimado frente a sus camas con el tumbao que llevan los maricones al caminar, me iba a doler mucho retirarte la estima, evitarte para que no me hablaras. ¿Te acuerdas?... Anda, te decían, de nada vale hacerte el duro, ya sabemos que no eres de los nuestros, eres un tipo diferente, inviertes el tiempo en lecturas, gastas el dinero en libros, ustedes hacen la literatura con nosotros; por eso ahora nos toca hacer la historia para que luego la escribas y nos hagas personajes. Y tú negabas con la cabeza constantemente: no soy maricón, dijiste. Ellos sonreían, no importa que no lo seas de sentimiento, déjanos esa parte a nosotros, no somos muy exigentes, sólo queremos un poco de calor, ¿entiendes? No, le contestaste. Prefiero morirme. Y no dejaban de sonreír y te aseguraban que ese cuento lo habían leído muchas veces desde que los encerraron por primera vez: al final lo matan. Pero si primero prefieres morirte, te decían, entonces te facilitamos una cuchilla y te cortas las venas y prometemos no llamar al guardia hasta que estemos seguros de que no te queda una gota de sangre en el cuerpo ni a nosotros una gota de semen en los nuestros. Entonces comprendí que estabas decidido a defenderte aunque supieras que era una batalla perdida; y me salió el resorte que nunca logro controlar, cuando soy consciente de lo que puede suceder ya es tarde; por eso estoy aquí cumpliendo; y cuando reaccioné ya les estaba diciendo que tú eres paisano mío y no iba a permitir que te tocaran. Y ellos quedaron en silencio sin saber qué hacer y tú te mantenías arrinconado en un pasillo, ¿te acuerdas?

El otro baja la cabeza y luego sube la mirada al techo, a los lados, y mira por la claraboya también, como si quisiera esconderse, y el mentón le tiembla, los ojos se le humedecen, se pasa la mano por la cara.

—Y pensé que todo iba a quedar allí; pero nada en este lugar es como uno imagina; luego supimos que corría el comentario de que yo te había protegido para poseerte después.

–Y no creas que estoy seguro de poder agradecerte aquel gesto. No sé qué hubiese preferido, si ser violado o saberme culpable de tus próximos años en prisión.

–No te preocupes –dice dejando de empujar el angular contra la pared–, Olofi nunca me ha abandonado y si me pone esta prueba es porque la merezco, ¿entiendes?

–No, nunca podré entenderlo.

–Peor para ti.

–Es como si yo fuera el único que razona en esta galera.

–Por supuesto, son los códigos, tus reglas no son las mías.

Y se levanta y se aleja de la luz que entra por la claraboya, y su silueta se pierde en la oscuridad del pasillo, mientras sujeta el angular que lleva escondido dentro de la camisa.

He matado. Les juro que hasta Dios lo entendería. Lo siento por ustedes, más tiempo de sacrificio.

Último ingreso

Llevábamos varios días sin que abrieran la puerta de la celda. Los sargentos sólo nos interrumpían para pasarnos los alimentos por la ventanita que está pegada al suelo. Entre los detenidos siempre surgía un tema para conversar; aunque fuera doloroso recordar, era la única ocupación en la que podíamos mantener el tiempo y así espantar el aburrimiento y las preocupaciones por lo que serían nuestras vidas y por lo que sucedería cuando nos cerraran los expedientes de instrucción.

Cuando el cerrojo se movió sentí miedo, más bien sentimos miedo, era fácil verlo en los ojos de cada uno de los detenidos hacinados en la celda. El chirriar de las bisagras se adueñó de aquel minúsculo espacio. El movimiento de la puerta fue rápido, empujaron a un hombre hacia el interior y en unos instantes estaba frente a nosotros, mirándonos como si no quisiera vernos; sentí que le molestábamos, y con gusto lo hubiéramos dejado solo si existiera la posibilidad de volver con la familia.

Por sus pasos supimos que traía el mundo encima. Era un mulato joven y fuerte, y rápidamente calculamos que sería un enemigo difícil de vencer, en caso de que él nos viera así; llegó hasta su cama y sin quitarse la ropa, ni siquiera los zapatos, se acostó. No se había acomodado cuando volvieron a abrir la puerta, lo llamaron por su número y se lo llevaron. Nos miramos como siempre, esa manía del detenido por querer adivinar los problemas de los demás.

–¿Malversación?

–Este delito no es económico –aseguró el que dormía encima de mí.

Luego lo trajeron y venía más acabado. Volvió a tirarse sobre la cama. Nadie decía nada. Queríamos respetar su preocupación. Al principio siempre es así, parece que todo acabará; pero eso sólo es al comienzo, luego es peor.

Desde mi cama podía ver su bíceps izquierdo, el hombre estaba bien alimentado. Al rato trajeron la comida, y fuimos uno a uno a recogerla, una bandeja quedó allí, él no hizo ningún intento por mirar, menos por ir a buscarla. Comimos en silencio con el reflejo del bombillo en nuestras caras y brazos que nos hacía parecer enfermos de hepatitis.

Cuando sentimos a los sargentos recogiendo las bandejas en la celda colindante a la nuestra, alguien estiró el brazo, y sin ponernos de acuerdo, todos metimos las cucharas en la que permanecía intacta en el suelo. Luego de entregarlas volvimos a acostarnos.

Aquel hombre nos hacía sentir incómodos. Regresaron los sargentos a buscarlo varias veces en la noche. No le daban tiempo ni a quitarse los zapatos. Apenas conciliábamos el sueño volvían a despertarnos los ruidos de la puerta.

Antes del amanecer, como a la décima vez de traerlo, se quedó de pie frente a la entrada. Fue hasta la cama y se acostó. Un ruido que parecía lejano interrumpió el silencio. Todos movimos la cabeza para buscar de dónde provenía. Era un llanto, y de hombre, eran sus sollozos. Quedamos atentos. Luego se sentó en la litera, apenas podía mirarnos porque las lágrimas eran continuas. Le dije que si podíamos ayudarlo en algo que contara con nosotros. Y el hombre abrió los brazos; sin saber por qué, caminé hasta donde estaba y me abrazó, puso su cabeza sobre mi pecho y lloraba como un niño. Y las fuerzas comenzaron a flaquearle, las rodillas se le doblaron y sin poder evitarlo su cuerpo fue cayendo hasta quedar arrodillado. Su cabeza daba en mi barriga, y sentí lástima, deseos de pasarle la mano; preferí no hacerlo, era un lugar peligroso para esas debilidades. Después se fue calmando. Pidió permiso para sentarse en la parte baja de la litera. Dijo que no le íbamos a creer. Lo repitió varias veces con intervalos de silencio. Es del carajo, aseguraba. Si vieran a mi mujer me entenderían menos. Es una trigueña alta, con cuerpo de modelo, orgullo para cualquier hombre, envidia de maricones y, coño, entonces cómo pudo sucederme esto. Seguimos en silencio. Él no hablaba con nosotros, realmente había olvidado que estábamos allí.

–Coño –dijo–, me volví loco, cuando me di cuenta de lo que hacía ya la tenía encima de mí, le quitaba el blúmer mientras le tapaba la boca. Se me olvidó que tenía siete años y ahora dicen los instructores que se está muriendo.

Compañera: su hijo ha muerto al caer de la litera. Nuestro más sentido pésame.

Revolucionariamente, el Reeducador.

La luna, un muerto y un pedazo de pan

LA LUNA CUELGA como un adorno que el aire mueve a su antojo y tanta belleza se hace insoportable a los que miramos por la claraboya de la prisión. Nadie quiere fijar la vista sobre ella porque un halo de desamparo nos rodea y la angustia se apodera de los presos, provoca unas ganas de mover el tiempo, el espacio, sobre todo el pasado, y fabricar con nuestras manos, como si fueran de arcilla, el presente y el futuro; parece que los ojos se congelan y una hipnosis profunda nos permite escapar, y como si oliéramos un poco de cocaína, la realidad se enturbia, marea, y la luna se convierte en una gran pantalla donde vemos pasar nuestra vida hasta el día en que llegamos a este lugar. Entonces deseamos romper las rejas, los muros, salir corriendo sin importar las consecuencias.

Pero el efecto que nos produce mirar la luna, sólo lo conocemos los presos que llevamos algún tiempo aquí.

Anoche hubo un recluso que cayó en el señuelo y se mantuvo observándola casi hasta el amanecer. No sabíamos el nombre, apenas que era un preso inexperto que entró en la última cordillera y miraba la luna desmesuradamente. Esta mañana cuando abrieron la puerta para ir a la enfermería nadie lo vio correr, ni separarse sospechoso del resto que formaba la hilera y atravesaba el patio central. Sonaron los disparos y al cambiar la vista ya estaba allí, prendido a tres metros de altura, intentando escalar la cerca de seguridad. De la espalda salía humo. Unos puntos negros, como manchas o pelotas de fango que se adherían a su espalda, le brotaron sobre la camisa y lo hicieron sacudirse. Alguien mencionó que por los alambres pasaba corriente de alto voltaje.

Y luego los puntos de la espalda se hicieron rojos, rojos cardenales que, como príncipes negros, abrieron sus pétalos y se extendieron con rapidez. El recluso quedó varios minutos sin saber qué hacer, confundido como nosotros que aún no entendíamos qué intentaba alcanzar aquel hombre subiendo por la cerca del presidio, porque era ilógico, impensable, lograr escapar por ese lugar que conduce a los arrecifes que bañan las aguas de la bahía. Los sargentos corrieron para detenerse debajo, como debían hacer en los tiempos de su niñez, cuando se escapaban también hacia la arboleda a esperar que alguien lanzara los mangos.

Suponíamos que los disparos habían sido del guardia que está encima de nuestra galera; siempre nos miraba amenazante, con sonrisa cínica, exhibiendo el AK mientras pasaba su dedo índice por el gatillo, con ganas reprimidas de halarlo, de imponer su autoridad y demostrar de lo que sería capaz con aquella poderosa arma en sus manos.

La ilusión se le había terminado; pero antes, por apenas unos segundos, sintió una brisa que le estaba vedada a los condenados, un viento limpio y libre que venía directamente de la ciudad y cruzaba la bahía, que despeinó a los pescadores de la orilla y movió sus varas y arrastró el olor a caracol y a pescado. Por sus desesperados movimientos imaginé lo que podía estar mirando: los edificios, los autos, la gente libre que caminaba por el Malecón, y de sólo pensarlo, me recorrió un temblor por todo el cuerpo; mientras él, para sorpresa nuestra, mantenía la vista fija en el horizonte demostrando que nada más le importaba.

La prisión seguía sumergida en el silencio, y unas cucharas que alguien dejó caer en el comedor, vibraron como campanas que llaman a misa. En pocos segundos logró unir la mirada y los pensamientos de los reclusos. Y el hombre colgado allí se nos convirtió en un ángel o en un líder. Y sentí envidia, deseos de estar en su lugar, aunque tuviera varios disparos en la espalda y pocos centímetros de vida, a cambio de tener un pedazo de la ciudad ante mis ojos. Y recordé mi niñez, el cake de un imborrable cumpleaños, o cuando corríamos sobre el muro del Malecón para empinar el papalote; y como todo niño, él quería unos minutos más, ¿quién no querría unos minutos más?, anda, mamá, sólo un rato más, seguro se dijo; aunque esta vez algo extraño sucedía porque la madre no contestó. Con seguridad ella miraba su retrato en algún lugar de la casa sin poder reprimir las lágrimas. Pero su niño ahora caía desde lo alto de la cerca sin hacer ningún gesto para protegerse del impacto, como si luego de cumplir su deseo ya el resto dejara de importar, y junto con su descenso iba la mirada de todo el penal. Lo sentimos chocar contra el cemento como un saco de paja mojada. Los sargentos apenas le dieron tiempo a llegar al suelo y golpeándolo con sus botas en las costillas comprobaron que estaba muerto.

Los guardias pidieron una sábana para taparlo, pero luego olvidaron que estaba tendido junto a la cerca y pasaron varias horas como para que a la población penal le sirviera de escarmiento. Nadie hablaba en voz alta. Los presos apenas se levantaban de sus camas y pocos se acercaban a la puerta para evitar mirar el cuerpo. Allí estuvo hasta que desde la cocina enviaron dos reclusos a recogerlo y lo echaron encima de una carretilla que se utilizaba para cargar bidones y calderos tiznados. Lo tiraron sobre el metal sin ningún tipo de cuidado ni respeto, y con los brazos colgando a ambos lados de la improvisada camilla comenzaron a subirlo hasta las oficinas del Orden Interior.

Reafirmamos así lo aprendido, era mejor evitar el contacto visual con la luna, y poco importaba que fuera llena o cuarto menguante. Lo triste era que el mundo continuaba igual, alguien muere y nada cambia. Daba la sensación de que no había ocurrido, los presos seguían respirando, pensando en su hambre crónica y en cómo apagarla.

La noche había caído sobre la fortaleza sin que nada la hiciera diferente, salvo un pedazo de pan con ajo, aceite y tomate que a las nueve de la noche me mandó mi cuñado, que está recluido en otra compañía y trabaja en la cocina. Yo estaba escribiendo una carta cuando me dijeron, toma, te manda tu cuñado, y dentro de un nylon venía aquel pan que revivió los ánimos de todos los que estábamos en la galera.

Pusieron el pan a mi lado y ni siquiera reparé en él, o al menos eso quise aparentar ante los demás, porque sólo el olor, imaginarlo, palparlo, podría provocarme un infarto. Lo cierto es que junto a mí hay un pedazo de pan que simboliza la salvación de mi vida. Y descubro que no lo miro porque intento obligar a los que me acompañan a que lo ignoren también; pero eso es demasiado, es pedirle a sus estómagos que mientan, que digan que este pan no les importa, porque están llenos de aire. De hecho, habíamos comido a las tres de la tarde, una pequeña ración que no sentimos ni en el momento de ingerirla, seis horas transcurrieron, conscientes de que aún faltaban nueve más para el desayuno. Y de pronto, como en una película de ciencia ficción, hace entrada en la galera este pedazo de pan con aceite, ajo y tomate, escoltado por decenas de miradas, y es puesto sobre mi cama, ahí, exactamente a quince centímetros de una mordida; pero yo no lo miro, sigo intentando que los otros se olviden de un trozo de pan insignificante que espera a mi lado; imagino a cada preso tragando saliva, con los ojos cerrados pensando que pueden masticarlo. Y quiero ser el hombre más solo del universo, y poder comerme el pan que salvará mi vida, que me permitirá dormir sin hambre, sin la angustia de sentirme vacío, ingrávido, que mis huesos flotan y debo atarme con la sábana a la litera para no volar como Matías Pérez.

El pan continúa sobre la cama, temo que alguno pueda moverlo con la vista, que tanta ansiedad y angustia le dé poderes telequinésicos y me joda. Alguien se detiene a mi lado, y no reparo en él, aparento escribir una carta cuyo destinatario ahora no recuerdo, sólo sé que mi mano se mueve y traza palabras, una detrás de la otra, con tanta rapidez que las hace ilegibles; pero mi voluntad es seguir fingiendo que no me importa; porque esta falsa ignorancia, este silencio, es mi grito, el acto de venganza por la muerte del hombre que escaló la cerca. Con esta actitud declaro que el mundo es mi enemigo y que desde hace unos minutos estoy en guerra con todas las naciones; y no me importa que me comparen con Hitler, Mussolini o Dios. Es cierto, quiero que se haga mi voluntad. Y me cago en el resto de la humanidad que no comparte mis ideas. El pan es mío.

El hombre que está junto a mí carraspea, y lo ignoro. No logrará hacerme levantar la vista del papel que también ignoro, y la última palabra que escribo es «ignoro», que vuelvo a repetir, y escribo «repetir», o no, ahora escribo «ahora».

Y quisiera correr por un campo de fútbol, huir, atravesar sin mirar atrás y sentarme en el medio, justo en el medio, alejado de las gradas, abarrotadas de personas que miran en silencio mi pan. Todos me observan. Yo los ignoro. Soy el hombre más solo y a la vez más perseguido del mundo. No me importa ser el más despiadado y egoísta. Soy capaz de hacer cualquier cosa para lograr que ese pan sea sólo mío. Y un hombre a mi lado hace lo posible por llamar mi atención. Lástima para él que soy el más entretenido y estúpido de los que se encuentran bajo este techo. Y me toca por el hombro, varias veces, y me hala y pronuncia mi nombre y me saluda sonriente.

–Soy yo –dice y sonríe como un anormal.

Y muevo los hombros, no me importa. Su cara es redonda y varios granos le adornan la piel. Pajuso, pienso, y miro sus manos y lo imagino masturbándose.

–Oye, bróder –vuelve a decirme.

–¿Qué carajo quieres?

Y lo piensa, percibo su vergüenza pero no es más grande que su hambre.

–¿Qué? –repito.

–¿Me puedes dar un pedacito?

Y siento que el mundo se me derrumba, que me arrancan la piel, dejo de existir. «Un pedacito». Y a quien deseo hacer pedazos es a él, picotearlo con mis propias uñas, desintegrarlo, y me imagino empujándolo hacia la cámara de gas, cerrando la puerta sin importarme su rostro hambriento. «Un pedacito», recuerdo que dijo, «pe-da-ci-to», y la palabra se repite tantas veces sin que yo pueda detenerla. Y una fuerza en mi interior crece, se impone para decirle que es mío y lo defenderé a cualquier precio, que tengo tanta o más hambre que él, que ni siquiera este pedazo de pan me saciará. Y que quiero correr hacia el muro y subir la cerca como el muerto de hoy y ver las luces de la ciudad, y asegurarme de que más allá del silencio de estas murallas viven personas, aunque ignoren a los que sufren aquí dentro, y que sepan que a este lugar no sólo se viene a conocer la historia o a hacer turismo, también es un museo de hombres, de vidas deshechas. Necesito creer que le dolemos a alguien, que nos lloran y sufren por nosotros.

Me molesta que una vida se haya ido sin importarnos. Que nadie gritó ni protestó ni expresó tristeza. Todos nos mantuvimos en absoluto silencio por miedosos, pusilánimes, cobardes, pendejos. Viviré avergonzado de mí y de acompañarlos en esta vida y en esta galera, que no es más que el fondo del hueco, del abismo. Aunque me creía capaz de gritar, decirles abusadores, asesinos, y me golpearan y llevaran para la celda de castigo a punta de bota, no lo hice, cuidé de mí como los demás, o al menos eso intenté, pero ahora descubro que fue lo contrario, no aprovechamos el sacrificio, la lección, y en estos momentos estamos más jodidos, sobre todo con nosotros mismos, con nuestra conciencia. Es cierto, ahora ya no vale, es tarde y nunca limpiaré mi alma porque mi silencio se hizo cómplice del verdugo. Y una palabra me sale sin pensarla. Algo que necesito hacer para no morirme de asco:

—Llévatelo —le digo.

Y no contesta, ni lo toca y ha dejado de mirarlo, me observa con intensidad para saber qué pienso, qué oculto; teme que de madrugada quiera ir a su cama a cobrarle el jodido trozo de pan.

—Que te lo lleves —le repito.

—¿Estás molesto?

—No —digo sin convicción.

—¿De verdad? —y su mirada va del pan a mí varias veces—. Mejor me voy.

—No —insisto y lo sujeto por el brazo—. Llévatelo, es tuyo.

—¿A cambio de nada, bróder?

Y quiero decirle que no somos *bróders*, ni siquiera conocidos.

—De nada —le aseguro.

Después de mirarme un rato, indeciso, no resiste más y lo agarra y corre hacia su litera y lo engulle con gigantescas mordidas sin apenas masticar ni mirar al grupo de reclusos que rodea la cama esperando, quizá, que les brinde o que caiga alguna migaja para poder alcanzarla. Y tengo deseos de hacer lo mismo que él, empujar y apartar a los otros y detenerme a su lado con la certeza de que no querrá darme, compartir un pedacito porque su capacidad de resistencia es débil y ya cruzó la línea que lo ha convertido en un animal que cuida su presa. Y quiero gritar que me lo devuelva, es mío y me pertenece. Tengo hambre, cojones.

Pero continúo garabateando palabras para no llorar ni abrir la boca y descubrir lo débil que también soy. Soporto. Recuerdo aquella anécdota que leí sobre alguien que le preguntó a la Madre Teresa de Calcuta:

–¿Hasta cuándo hay que dar?

–Hasta que duela.

Y me duele. Tengo una punzada en el estómago, como si lentamente me quemaran con un hierro. Recuerdo al preso subido en la cerca, su mirada sorprendida sin importar los disparos en su espalda. Y aunque esté muerto, reconozco que fue más dichoso que nosotros.

Pienso que cada mañana podría haber un dichoso, un elegido que decidiera subir, o al menos intentara escalar la cerca y disfrutar con la mirada, aunque sea por última vez, un paseo por La Habana.

Con rabia, y sin poder explicarlo, camino hasta la claraboya. Me aferro a los barrotes. Y observo la luna.

Necesito saber si prefieren llorar o continuar subiéndome la jaba. Estoy en un conflicto donde no me queda más remedio que matar o dejar que me maten. Ustedes deciden. Respondan pronto.

El Manco

Le falta un brazo y, cuando se baña, es el único que busca una tabla para que sirva de parabán y no le vean el feo lugar por donde amputaron cuando aquel tren, en plena noche, lo dejó tirado en la vía sin que el conductor se percatara. Todos lo observan curiosos y persiguen el ruido que provoca la madera mientras el Manco la arrastra por el pasillo central con el mismo sacrificio de Cristo con su cruz.

Entra al baño y coloca la tabla hasta que se asegura de que no quede ninguna hendija por donde lo puedan espiar. Siempre entra y sale vestido.

Para mortificarlo, el Jabao le sujeta con firmeza la única mano y lo golpea en la cara por el lado contrario a donde le falta el brazo. El Manco salta y quiere defenderse, pero el otro no lo suelta y brinca junto con él y los reclusos se divierten. Luego el Jabao lo deja libre y corre y sube sobre las literas huyendo de la furia del Manco que grita, patea, y en ocasiones procura alcanzarlo por una pierna para derribarlo. Lo hace muchas veces y suda. Cuando se cansa, se retira a su cama, y los presos se lamentan porque vuelve la tranquilidad, el aburrimiento, la añoranza por la vida libre, la agonía de pensar en el tiempo que falta para cumplir la condena.

Los otros presos dicen que el Manco no es tan manco nada y que está en prisión por un robo con fuerza: subió a lo alto de un almacén y sacó varias cajas, y sin ayuda bajó hasta la calle y luego se las llevó a su casa. En el registro policial encontraron la mercancía. Alguien se fue de lengua.

Por mucho que el Manco jura, el instructor aún no cree que haya actuado solo, y continúa buscando a sus cómplices.

He sido sancionado a diez años de privación de libertad. Definitivamente, "la historia me absorberá", pero en mi caso de verdad, porque juro que soy inocente, como el resto de los cinco mil presos que me acompañan, según dicen ellos también.

El juez

En la galera hay un silencio poco acostumbrado y un sopor cubre las literas y los presos y las cosas y produce una sudoración constante, una costra grasienta que les oculta los granos y que los desespera y se pasan las uñas que se llenan de sangre. La mayoría de los reclusos permanecen acostados, miran al techo, perdidos en algún recuerdo, seguramente de mujeres, de tiempos mejores. Los jolongos hace mucho que se vaciaron y de los alimentos no quedan ni las migajas, están tirados en un rincón del pasillo, esperando que vuelvan a llenarse en la próxima visita de los familiares.

Ayer entró la última cordillera y los recién llegados todavía están asustados y adoloridos por los gritos y los golpes del instructor cuando estaban en la estación de policía; el susto les crece mientras observan los movimientos dentro de la galera; aprenden los horarios y la disciplina, las voces de mando del mandante y sus secuaces y las constantes pruebas de fuerza para que sepan quién da las órdenes allí adentro.

En los tres recuentos diarios el sargento siempre dice que la Revolución llegó hasta la puerta de la prisión, después que entran y cierran, botan la llave para que no alberguen esperanzas de volver a salir; y luego cuando se va, el mandante grita que la reeducación llegó hasta la entrada de la galera, aquí la Revolución y la justicia soy yo; todos lo observan en silencio y mientras él los mira mueven la cabeza en señal de apoyo, aunque lo odien, pero están decididos a no buscarse problemas, conscientes de que oponérsele al mandante sería un suicidio.

Al oscurecer, los presos avisan que ha llegado la hora del gran entretenimiento, prestarán atención como si escucharan un programa radial. Ya se han repartido los diez turnos para que Julián, el único recluso con décimo grado aprobado, y que de tanta cárcel sabe de leyes como un fiscal, reciba en su pasillo a los recién llegados que desean un anticipo de su posible condena. Lo primero que hace Julián es ir hasta la cama del mandante y entregar el impuesto de cinco cajas de cigarros. El jefe cuenta y las huele y asiente y con un movimiento de su mano lo manda a retirarse. Rápidamente los presos se mueven para buscar posición en literas cercanas y poder escuchar con mayor nitidez; los dueños de las camas cobran dos o tres cigarros, según la cercanía, por permitirles sentarse.

En la galera todos se han consultado con él, salvo los nuevos y Agustín, que lleva nueve meses preso pero le teme a la lengua de Julián, dice que está maldita y si los brujos aseguran que saldré bien en el juicio, entonces por qué habría de hacerle caso a él que está en la misma situación que yo: ¿si es tan inteligente qué hace aquí? No quiero provocar al destino y a la mala suerte por la boca de Julián. Por eso Agustín siempre busca un pretexto para esquivarlo cuando por casualidad se le acerca.

Julián comienza la consulta haciendo un gesto con la mano que le permite al primero de la cola y recién llegado a la prisión subirse en lo alto de la litera, así el espectáculo es mayor. Le explica la postura que debe adoptar cuando llega la hora del juicio: las manos nunca deben moverse, siempre mantenerlas en la espalda; la vista al frente y el mentón en alto, cuando el fiscal o los jueces hagan las preguntas mantenerles la mirada sin pestañear, y responder con voz suave, que provoque lástima; ir vestido con ropa limpia, pero sin mucho lujo porque les podría parecer que viven bien en la prisión y que ese es su lugar; les advierte que entre los jueces hay psicólogos.

Los presos nunca saben por dónde comenzar a contarle a Julián, pero este les previene que no deben mentirle porque estarán engañándose a sí mismos, y no podrá darles una respuesta acertada.

Le pide al preso que está sobre la litera que le cuente lo declarado ante el instructor y las pruebas que lo inculpan, porque si el fiscal no las tiene el día del juicio, puedes negarlas aunque las hayas firmado en la Unidad, y declarar que el instructor te presionó o prometió la fianza a cambio de que aceptaras.

El preso comienza a contar una historia semejante a la de todos los que escuchan, los abusos, las presiones, los detenidos que tratan de sacarte los secretos que el instructor no pudo obtener, para luego, a cambio, ser favorecidos ante el fiscal. Después de escucharlo, Julián pregunta si es primario o reincidente, y varios reclusos que saben el orden de las palabras las repiten y las voces se levantan como el ensayo de un pésimo coro. Primario, dice. ¿Y en el momento de la detención eras estudiante o trabajabas? Mueve la cabeza negando, buscaba trabajo, un tío me..., Julián lo interrumpe, eso ya no importa, dice, concrétate a responder y sé conciso. ¿Pertenecías a alguna organización de masas, política o social aprobada por el sistema? Y el otro queda callado, Julián sabe que el silencio no es porque prepara una respuesta, ha comprendido que no tiene escape y decide continuar, ¿te avalan certificados médicos que puedan ayudar a justificar tu conducta antisocial? El recluso vuelve a quedar en silencio y Julián insiste, desea ayudarlo como si de verdad estuviera en la vista pública en la Audiencia de La Habana, ¿no recuerdas que en algún momento te hayan llevado a la consulta de un psiquiatra o psicólogo, que para el caso da igual? Pero el preso se mantiene en silencio y niega con un movimiento de cabeza. Y Julián no se conforma, aclara que no importa que haya sido en la niñez porque estará en el expediente médico. Definitivamente, el recluso sigue en silencio y nada puede hacerse por ayudarlo. Julián comprende que ha hecho un esfuerzo en vano; sólo lo mira, su veredicto pudiera ser el mismo que luego los jueces, en la vista oral, le darán. La cifra es el total de la suma de los delitos y las agravantes y la resta de las atenuantes, una tabla mental que ha conformado de tanto practicarla, y que ajusta cada vez más, como piezas de un reloj. Apenas necesita unos segundos para calcular y responder; aunque siempre espera para que el pago de la consulta, una caja de cigarros, no se haga tan fácil a los ojos del preso, hace gestos misteriosos con los dedos de la mano, arruga la frente y une las cejas, mira al techo y finge que balbucea. Le dice que la sentencia es de doce años. Y el otro preso abre los ojos sorprendido, no quiere creerle, piensa que se ha equivocado. Julián no lo deja salir de su estupor, le asegura que por ser menor de veintiún años le aplican la «17-1», atenuante que le rebaja la condena a la tercera parte, que en la vista oral no saldrá con menos de cuatro años y seis meses; ¡pero...!, ante la inminente protesta del preso que aún le parece excesiva la sanción, hace un gesto con las manos para pedirle que no se desespere, ¡pero...!, repite con más énfasis, por buena conducta los años se cuentan por diez meses, si se restan quedan en tres años y ocho meses, lo que quiere decir que en el momento del juicio ya tienes algunos acumulados, con otros más te acercas a un tercio de la condena, y por tanto con derecho a la «condicional», que no es más que estar becado, la pasarás trabajando en la agricultura, y recibirás pase el fin de semana; así será tu vida hasta que cumplas el año y diez meses, que es la mitad, y podrás pedir el «cambio de medida», lo que significa cumplir lo que queda en la calle. Julián termina y respira, el preso está un poco menos asustado, y

Julián aprovecha para quitarle la caja de cigarros que sostiene en la mano. Los recién llegados siempre se retiran sin creer en lo escuchado; sólo con el tiempo com-prenderán que es definitivo, es el aviso de lo que sucederá en la vista oral.

Todos los días, en la tarde, los presos regresan de los juicios y la condena es casi siempre la pronosticada por Julián, salvo en casos de malos procedimientos en la investigación, tratos entre el abogado y el fiscal, sobornos, sociolismo, buenos padrinos o hijos de papá, que no son descartables.

Luego van a sus camas. Les parece imposible soportar tanto tiempo encarcelados cuando saben que sus nervios ya no podrán aguantar un día más. Algunos lloran, otros se refugian en las cartas, los dibujos, el juego o el sexo.

Y esta vez, en plena algarabía del amanecer, Agustín no ve acercarse a Julián, se lava los dientes y no puede evadir su presencia. Aunque en los nueve meses él no le haya explicado la causa por la que se encuentra allí en espera de condena, ya Julián se ha enterado, por casualidad, comentarios de presos vecinos, de que recibió la petición fiscal y la condena que le piden, y no ha podido evitar que la tabla mental se desate y arroje una cifra. Él también le ha rehuido porque no quiere trabajar gratis y evitar así que luego los demás no quieran pagarle, pero adelantar la sentencia se le ha convertido en una manía, y casi sin darse cuenta toca el hombro de Agustín y le dice que son seis y dos. Los presos de la galera hacen silencio, comprenden lo que ha sucedido y esperan una confrontación. Agustín se queda mirándolo fijo y abre los ojos lentamente, arruga la cara y deja caer el cepillo y el tubo de pasta y lo hala por la camisa mientras se arrodilla:

–No, por favor –le dice–. Haga algo. Se lo suplico. Ayúdeme. Eso es mucho tiempo y no podré con tanto.

19

Los médicos certifican que tengo SIDA. No se aflijan. Les aseguro que estar preso es peor.

Era un negro flaco y alto y desde que entró a la galera descubrimos que le gustaban los hombres, pero era tan feo que no encontraba pareja y andaba de un lado a otro de la compañía buscando pretendiente, una víctima que le echara el guante y lo hiciera feliz. Y se enamoró del blanquito más lindo y serio de la galera, que no era bugarrón, y aunque lo fuera no iba a tener tan mal gusto, pero al negro le gustaba y hacía hasta lo imposible por estar cerca de él.

Entonces Fuló, otro negro, inmenso y fuerte como las murallas del castillo que nos rodeaba, se ponía celoso, aunque tampoco aceptaría acostarse con él, era puro celo de macho, de competencia, de ser deseado, y el complejo de sentirse inferior al blanquito lindo, hacía que cada vez que veía al negrito cerca de la cama del otro, lo llamara. Y él iba obediente a su llamado.

–¿Dime, jefe Fuló? –porque así le gustaba que lo llamara, al menos él, el más infeliz de la galera.

–¿Qué haces, negro feo?

Y el negrito movía los hombros nerviosos, y evitaba mirar a su oponente.

–Nada –le respondía.

–¡Conque nada, eh!

Y todos comenzaban a sentarse en lo más alto de las literas para presenciar el espectáculo. Fuló había sido pesista, y no hacía falta que lo dijera, era como un cartel con letras grandes: sus brazos eran anchos y fornidos. Entonces Fuló ponía un brazo en forma de V y con un gesto de cabeza le ordenaba poner su cuello dentro de aquella tenaza como si fuera una guillotina. El negrito lo miraba espantado, su expresión era suficiente para saber que era la peor noticia que le hubieran podido dar; y lentamente movía la cabeza negando, con más miedo por hablar que por el futuro sufrimiento que le esperaba, sus ojos eran una súplica, pedían clemencia:

–Hoy no, Fuló, hoy no. Por favor, la baba no. Por lo que más quieras.

Pero Fuló movía la cabeza afirmando, no habría nada que le hiciera cambiar su propósito, y el cuello del otro fue cayendo despacio hasta acomodarlo en el punto que cerraba la V; y Fuló sonrió victorioso. El antebrazo y el bíceps comenzaron a unirse y el cuerpo del negro flaco se fue estirando hasta quedarse en punta de pies. En la misma proporción en que se iba asfixiando, Fuló iba ganando en alegría, su boca enseñaba una camada de dientes amarillos. La primera defensa del flaco fue aferrarse a los brazos del otro tratando de impedir que siguieran asfixiándolo, hasta que inútilmente cayeron al lado de sus piernas como dos barras de hierro que se encajarían en el suelo; luego, desesperado, fue alzando los pies que quedaron en la punta y comenzaron a despegarse también; la tercera solución fue saltar, ascender le brindaba un tiempo de alivio, pero Fuló aprovechaba para ganar en altitud y la caída del negrito era más desesperante, y su cuello se estiraba como una goma, sus músculos cedían a la fuerza exterior que lo aprisionaba, cerrando, cada vez más, el paso del oxígeno y la fluidez de la sangre, por lo que su cuerpo se dividía en dos, cabeza y tronco, cada parte tenía que conformarse con el flujo que le había quedado en el momento del cierre definitivo. Entonces llegó una escupida blanca y espumosa. Y Fuló aullaba como un lobo feliz con su presa y avisaba al resto de la manada para ofrecer el convite.

El silencio de la galera se rompe con aplausos. El negrito apenas salta, su cuerpo es un elástico con el que pudiera hacerse un lazo. Tiene los ojos botados. Algunos comienzan a ponerse nerviosos, el peligro está en pasarse del tiempo, ahí radica la parte artística, el gran momento del show.

—Ya, Fuló —le advierte alguno de su guara—. Vas a tener que pagar a este negro como rubio, licenciado y ¡hombre!

El flaco apenas responde, ya no sabe dónde está, quizá sea el momento más feliz de todos los que pasa dentro de la galera, tal vez debería agradecerle a Fuló que al menos de esa manera puede escapar de este lugar. Entonces Fuló lo suelta, es un manojo de huesos forrados por una tira de pellejo elástico, ha caído como sólo saben caer los muertos.

—¡Ahora sí se jodió! —dice otro cercano a Fuló.

Nadie más habla en la compañía, como si la galera estuviera vacía; todos la han abandonado, al menos mentalmente, han huido porque no quieren ser testigos de la muerte de un negro maricón intemplable. Fuló no puede evitar que el miedo se apodere de él y va para su cama:

—Ya debía haberse acostumbrado —dice—. Ni dar la baba sabe hacer bien.

El flaco no respira, yace en el piso como un saco de escombros sin dueño. Le echan agua en la cara y le propinan algunas patadas por las costillas; intenta respirar, abre la boca como si fuera a tragarse la galera, pero no respira, mantiene los ojos en blanco, algunos estertores le hacen mover el cuerpo.

Fuló no quiere que los otros presos sepan que está mirando, y agazapado desde su cama observa lo que sucede. Y el flaco muerde el aire, lo araña y traga, tanto como no podría caberle en sus pulmones, los ojos se voltean y vuelven a la normalidad, y mira extrañado, como si nunca antes hubiera estado en este lugar, empezando a reconocer lo que le rodea, tiene cara de haber viajado mucho tiempo y la poca luz que entra por la claraboya le molesta igual que la del bombillo que cuelga del techo.

Se levanta con dificultad y le tiemblan las piernas. Busca con la vista a Fuló. Luego al blanquito amado. Va a sonreír, pero como si de repente recordara todo, rompe a llorar.

Es importante para mí es que la jaba pese las veinticinco libras máximas que permite el reglamento penal.

VICTROLA

Desde que llegó a la galera se puso a alardear de que se sabía muchas canciones. Que su voz recordara la de Julio Iglesias fue su desgracia, nunca más lo han dejado callar. Fue la salvación de los presos para combatir el aburrimiento, las tantas horas de ocio, la desesperación por algo que puede cambiar sus vidas y detenga el flujo de ideas incontenibles, siempre las mismas imágenes, la mujer deseada yendo a encontrarse con otro, la añoranza de caminar sin apuro por una calle cualquiera, compartir con los amigos; y de pronto, este hombre que llega y al cantar les revive la nostalgia, les recuerda lugares, palabras, sienten que regresan al pasado, que al menos unos segundos vuelven a ser libres, y ser libre es olvidarse del presente, de todos esos hombres que miran asustados desde sus camas lo que acontece a su alrededor.

Cuando Chepe, el mandante, pasó por un pasillo y lo escuchó, estuvo un rato detenido, pensando, viendo cómo los otros le pedían canciones y él los complacía. Alguien dijo que era una victrola y ya nadie supo su nombre; luego, Chepe le pidió que trasladara sus pertenencias para una cama de su pasillo. El cantante se sintió protegido y consideró la acción como un acto de generosidad con su persona y caminó orgulloso por el centro de la galera. El mandante lo esperaba acostado en su litera. Cuando Victrola llegó, Calabaza le señaló su lugar, quiso tender la cama y Chepe le ordenó que lo dejara para después, que primero lo complaciera con varias canciones que quería escuchar.

En la galera se mantenía el silencio, todos querían oír las melodías para poder escapar mentalmente del encierro. Victrola se sentó sobre su jolongo y preguntó qué canciones le gustaría oír.

Chepe dijo que todas le gustaban. Desde ese momento el muchacho no dejó de cantar en varios días, el mandante lo agitaba una
y otra vez para que no descansara, no aceptó la justificación de
que su garganta se afectaba, ni que tuviera sueño: todo el tiempo
estuvo negándole el silencio. A veces el Chepe se adormilaba y el
muchacho se iba apagando e inclinaba su cuerpo para dormir,
pero el mandante se había acostumbrado a él y cuando no lo escuchaba volvía a despertarse y se molestaba, le gritaba vago, se
mordía los labios para golpearlo. Nuevamente Victrola alzaba la
voz, hasta donde podía, y Chepe retomaba el sueño; ahora el otro
temía callar y volver a ser golpeado, su voz ya no recordaba a nadie y perturbaba el sueño de los demás; a varios presos les hubiese
gustado quejarse, pero nadie tenía el valor de contradecir al mandante.

Por la claraboya comenzaron a entrar los primeros indicios del
amanecer. Calabaza se puso la almohada sobre la cabeza para ais-
larse del ruido, era apenas el sonido de una bisagra oxidada.
Chepe tampoco pudo soportarlo y comenzó a golpearlo con los
pies, se quejaba de que lo habían engañado: no era Julio Iglesias
y tampoco una victrola.

Telegrama XXI

125

Mi familia, sé que desean otro futuro para mí; de todas formas les anuncio que me he casado en la galera. Y soy feliz. Los quiere,

Ferna.

La Perra

Al principio se quejaba, ahora está casi tranquilo, como si las patadas de los guardias ya no le dolieran; también ha dejado de cubrirse el rostro. Tiene algunas cortaduras en las cejas y los pómulos, de la nariz le salen hilos de sangre que salpican los pantalones y la punta de las botas. Desde sus galeras los presos observan inquietos la golpiza a través de las rejas de la inmensa puerta de cinco metros que han escalado. El penal está sumergido en una extraña quietud, un silencio que la sirena de un barco rompe de repente, avisando su entrada a la bahía. Los guardias dejan de golpearlo porque se acerca el jefe Eleuterio, que llega, agacha su corpachón inmenso, lo agarra por los pelos con una mueca de asco, y le levanta la cabeza: te lo había advertido, pero eres testarudo, esta vez sí la cagaste.

Lo arrastran por los pies hacia la celda. A veces los soldados vuelven a pegarle cuando el jefe no mira o no quiere mirar. Va dejando un rastro de sangre en el recorrido. Entran en un pasillo oscuro y un guardia dice que abran la ratonera. Después que lo introducen en la minúscula celda se asoman por la ventanita y ríen: ahora sí estás cómodo; llegaste al pabellón del infierno. De esta nadie te salva, mejor te mueres.

Aún no ha logrado recuperar el conocimiento. Apenas se mueve y cuando lo hace, el gesto va acompañado de un quejido sordo. Escupe una saliva sanguinolenta. La Perra lo ha visto todo, y cada vez que entra al pasillo, se asoma para verle el rostro hinchado y se asusta. Piensa que se va a morir; nadie puede regresar a la vida después de estar tan alejado de ella. Y en la mañana, terminado el ajetreo del desayuno, la Perra comienza su trabajo con la limpieza del pasillo y escucha unos quejidos. Primero, mira hacia la claraboya, se asegura de que no proceden de los fosos de la fortaleza; después, se acerca a las puertas de las celdas, cuidando que algún sargento no la vea: quizá dos castigados están desahogándose sexualmente, se le despierta el morbo, las revisa todas tratando que desde adentro no le descubran sus intenciones y le griten hasta alarmar a los sargentos. Al llegar a la ratonera, se acuerda del preso que tiraron allí. Ya debía de estar muerto. Teme que al asomarse por la ventanita la hale por el cuello; pero piensa que no tiene fuerzas ni para sostenerse. Vuelve a asegurarse de que el Moro, un preso ayudante de los sargentos, no la sorprenda y quiera delatarla; le tienen prohibido husmear en el interior de las celdas, hablar con los castigados o hacerles favores, y se acerca lentamente. Está acostado, con la cara aún más hinchada, casi sin poder mirar; se acaricia los pómulos con la punta de los dedos sucios, se palpa las heridas, y cada vez que lo hace deja escapar un gemido de dolor. Todavía tiene el desayuno en el piso, la tisana se ha enfriado y será difícil beberla. Lo ve arrastrándose, arañando la puerta, buscando la poca luz que penetra por la claraboya. La Perra se asusta y huye.

Durante la mañana limpia las otras áreas asignadas. Pasa cerca del Moro que aprovecha la ausencia de los sargentos para empujarla y virarle el cubo con agua sucia en los lugares donde había terminado la limpieza. Ya no se revira, el tiempo en el presidio la convirtió en dócil, le enseñó a tener paciencia y saber esperar. Es la hora del almuerzo y se alegra porque teme que el Moro quiera hacerle otra de las suyas.

Cuando regresa en la tarde para volver a limpiar el pasillo, escucha los quejidos, ahora más altos. No puede evitar la curiosidad y se asoma, ve su rostro deshecho, las manos crispadas por los dolores. Intenta decirle algo que las heridas de los labios dificultan y la Perra no puede entenderlo y se aleja apresurada.

Pasa el día pensando en él. Por primera vez en su vida percibe hacia un hombre un sentimiento que no es sexual; más bien siente lástima, lo que siempre le ha estado prohibido por ser como es. Hace tiempo aprendió a no compadecerse de nadie, a esquivar los sentimientos nobles. Sin embargo, recuerda la imagen oscura dentro de la celda y repite que debe ignorarlo, puede traerle problemas y sufriría un tratamiento igual o peor, pero la imagen vuelve aunque cierre los ojos para pensar en cosas más importantes, es inútil, siempre regresa a su mente aquel rictus de dolor, y siente que es cómplice de esa muerte irremediable. Entonces busca al Rojo, el enfermero, un colorado que lo persigue constantemente a cambio de algún favor femenino y le pide pastillas para los dolores: ¿tienes dolor de ovarios? No me jodas, estoy apurada. Así que favores con escopeta. Aquí el único que tiene escopeta, y de dos cañones, eres tú, corazón, y el colorado sonríe, enseña los pocos dientes amarillos que le quedan, busca las pastillas y se las entrega, le pide que lo toque, aunque sea un momentico, sólo un apretoncito, mami, y la Perra abre una mano, palpa, acaricia el bulto con delicadeza, el colorado cierra los ojos, quiere obligarlo a que se agache, pero la Perra lo rechaza, y se aleja ante los ojos desesperados del enfermero.

Después de asegurarse de que los sargentos o el Moro no entrarán hasta allí, cruza con rapidez el pasillo y deja caer las pastillas envueltas en un papel escrito, donde le explica que son para el dolor. Él lo recoge, desconfía, no conoce a nadie que trabaje en las celdas y llegar es sumamente difícil y peligroso. De todas formas no tiene nada que perder y se toma tres, cierra los ojos, se pregunta para qué cuidarse, si tiene sentido, nada le salvará la vida; al rato siente los primeros síntomas de alivio después de tantas horas de dolor.

La Perra pasa la noche pensando si hizo mal en auxiliar al desconocido. Sabe que fue un acto de locura. Si los sargentos la sorprendían iban a tratarla igual y nadie se apiadaría de ella, ni siquiera ese que ayudó. Asoma parte del rostro por entre los barrotes de una ventana, es su único pedazo libre, piensa. Respira el aire del mar, escucha el golpe de las olas contra los arrecifes, y como siempre, la soledad la abruma. Está confundida, de la vida sólo ha recibido un rechazo general hacia su naturaleza, lo ha sufrido en carne propia desde niño, día a día, momento tras momento, nunca se ha detenido esa cadena de insultos. Nadie hizo un gesto generoso por ella, siempre la miraron como a un bufón. Cuando era un niño los otros alumnos lo golpeaban, obligándolo a que besara a Lázara, la más fea del aula, y ahora es igual o peor, tantas veces le sucedió, los hombres que encontraba por las calles de La Habana fingían aceptar el flirteo para golpearla y robarle en el primer lugar oscuro que encontraban; en los centros de trabajo le negaban las plazas de mujer a sabiendas de que era incapaz de levantar un saco. ¿Por qué tenía entonces que correr ese riesgo por un desconocido con el que no mediaba ningún interés sexual, sabiendo, además, que allí era imposible llegar a un contacto corporal, a lo sumo, un beso? No se interesará más por él, hará su trabajo sin buscarse problemas; sabe que no puede darse el lujo de ser sentimental. Cuenta los latidos del corazón entre los intervalos de la luz del faro del Morro. Una luz que envidia por el privilegio de llegar al horizonte. Y no puede evitarlo: vuelve a pensar en él.

Desde que amanece sigue repitiéndose que debe ignorarlo, nada en el mundo le hará perder ese trabajo que la libera de estar encerrada junto a esos hombres insaciables de sexo y abusos.

Comienza a barrer lentamente, no quiere hacer ruido. Llega al final del pasillo, lo más alejado posible de la celda. Pasa la escoba con rapidez para poder regresar antes de que cambie de idea, porque la curiosidad por mirar hacia adentro se le hace insoportable. Entonces oye una voz que escapa de la ratonera: ¿quién te mandó? La Perra se asusta, no contesta y se apura hacia la salida. El Moro le pregunta por qué huye, ¿viste a una mujer?, y los guardias ríen. Le contesta que fue una rata y se pone la mano en el pecho, y al Moro la risa se le convierte en tos y escupe sobre la escoba que lleva la Perra, ¡qué clase de mariquita más jodida tenemos!, dice, mientras la Perra aprovecha para alejarse.

Por la tarde prefiere no limpiar el espacio final y así esquivar cualquier relación con él. Es la primera vez que huye de un hombre; siempre ha sido al revés, y esto la hace sentirse extraña, ajena. En la galera pasa la noche sin hablar con los que vienen a sacarle conversación: se nos ha convertido en una señorita de sociedad. Seguro tiene un novio celoso. Pero se mantiene sin hacerles el juego. El mandante envía al Jábico a buscarla y se niega, dile que hoy no, me siento mal; este la mira con ironía, pregunta si tiene la regla, y sonríe burlonamente. La Perra ya no lo escucha, continúa pensando en él, ¡qué puta soy, mi madre!, ¿por qué me atrae lo prohibido?

Cuando está barriendo por la mañana escucha otra vez la voz que sale del interior de la ratonera, no me tenga miedo, le dice. La Perra suelta la escoba y se acerca a la ventana, lo ve sentado en el piso con las manos cubriéndose la cara. Estoy mareado. Es por la comida, justifica la Perra, ni siquiera dándote la ración completa sería suficiente para reanimar ese cuerpo maltratado. Los dolores me volvieron a comenzar anoche. ¿Y las pastillas? Ya se me acabaron. Haré lo posible por conseguirte más. No te estoy pidiendo nada, sólo quería corresponder al gesto humano, si fuiste tú, y punto. Se miran fijo unos instantes. La Perra recoge la escoba y termina de barrer, piensa que siempre los hombres le han pedido, exigido; conocía esos prejuicios machistas y cómo enfrentarlos; pero este no era el caso y siente que está desarmada, sin respuesta, hoy no se rige por la mariconería, actúa con otro código que desconoce. ¿Por qué tenía que ser ahora la excepción de la regla?

Se encamina a la enfermería; los muros del castillo la hacen sentirse como un insecto atrapado que nunca podrá salir de allí; ve a los guardias que merodean las azoteas con sus armas largas, y se persigna y le pide a su virgencita Ochún que la aleje de todo mal.

Desde la puerta ve la silueta del colorado que inmediatamente sonríe y la invita a pasar. ¡Hola!, qué dice mi Rojito preferido. Que te extraño y te deseo más que a la mujer que dejé en la casa. Mentiroso, las tetas de esa negra halan más que una carreta. Tú no sabes cómo te agradezco que vengas a darme mi vuelta, qué quieres. Necesito más pastillas para los dolores y también vitaminas. El Rojo la mira serio: no te me vayas a envenenar, si alguien no te quiere, te juro que seré tu hombre, me caso y te pongo como una reina. Lo pensaré, dice ya con las pastillas en la mano y se va.

Los sargentos conversan en la puerta, afloja el paso, aparenta que nada la apura, cuando los rebasa, el Moro la hala por la camisa, ¿en qué andas?, me toca limpiar otra vez el pasillo de las celdas, ya terminé con el comedor y las oficinas del Orden Interior. El Moro la mira desconfiado, la Perra teme que registre y encuentre las pastillas y se las enseñe a los sargentos para ganarse méritos. Aunque diga que son suyas, que tiene dolor de muelas, no le van a creer, siempre ha sido un desastre diciendo mentiras. El sargento, con un gesto de cabeza, la autoriza a seguir su camino. El Moro se aparta y la mira con odio. Ella se mete las manos en los bolsillos para contener el nerviosismo. Traga en seco y siente las orejas calientes. Según va pasando por las celdas los otros detenidos la llaman, cosa linda, reina, ¿por qué no me das un besito?, muñeca, anda, princesa. La Perra los ignora, llega apresurada a la ratonera y lanza las pastillas. Él se levanta con dificultad, dije que no te pedía nada. Y la Perra le contesta que ya lo sabe. ¿Entonces por qué me traes las pastillas? Es que no quiero cargos de conciencia, sólo por eso. Por las noches me pongo a pensar que te vas a morir sin yo haber movido un dedo; queda observando el rostro sucio que la mira desconfiado, buscando otra razón; además, es la única manera de joder a los sargentos y vengarme del Moro por sus abusos, ¿te imaginas cuando te vean listo para la pelea cómo se van a mortificar y lo que yo me voy a divertir?... Te aseguro que no es nada personal contigo. Él asiente y desvía la mirada. Te traeré jabón para que te quites la sangre del rostro, te ves espantoso. ¿Qué pastillas me trajiste? Se pasa la lengua por los labios para contestar, las blancas te calmarán los dolores y las rosadas son vitaminas. ¿Cómo las consigues? Amiguitos que tengo en la enfermería. ¿Con qué les pagas? Y la Perra se calla. Él hace un gesto de molestia, ese no es tu problema, no me traigas más pastillas aunque me veas agonizando, para después no ser yo quien tenga cargos de conciencia. La Perra se mantiene mirando al piso en silencio, asiente y se va.

Por la mañana le lleva el desayuno escondido debajo de la camisa. Él lo rechaza, no puedo aceptarlo. La Perra dice que lo compró por dos cigarros, que si quiere, cuando salga, se los pague. Y él pregunta: ¿con qué? Y la Perra se pone nerviosa, claro, con cualquier tipo de mercancía y con la cantidad que quieras. Él asiente, ya entiendo. Apenas agarra el pan, lo muerde desesperado, se lastima los labios y se queja sin dejar de masticar; de las heridas brota sangre que mancha sus dientes, pero no se detiene.

La Perra siente su estómago vacío y cambia la vista del pan. Le da la pastilla de jabón, luces horrible. De todas formas no estoy de vacaciones ni hay mujeres a quien lucirle. Sí, dice la Perra, es verdad; al menos aséate para que desinfectes las heridas, puede darte fiebre; además, cuídate de las ratas, te garantizo que en tu caso te sacan cuando ya no exista la posibilidad de salvarte. Se percata de que alguien se acerca y agacha la cabeza fingiendo barrer. El Moro la mira receloso desde el otro extremo. Recorre el pasillo inspeccionando. En la mano lleva un tubo de goma negro propiedad de los sargentos. En el interior de las celdas hacen silencio al reconocer su desagradable rostro asomado al hueco de la puerta. Aunque es un preso tiene poder: los sargentos lo utilizan y a cambio le dan comodidades. Cuando la Perra le pasa por el lado, hace un gesto rápido y la atrapa y la lanza contra la pared. La Perra casi no puede resistirse ante la fuerza de los brazos que la aprisionan por el pecho con el tubo y le impiden respirar. Siente encajada en su espalda la barbilla del Moro, que la empuja hacia un calabozo vacío. En la oscuridad escucha su respiración agitada, su sexo creciendo entre sus nalgas. El Moro la vira y obliga a que se agache, le pega el rostro al pantalón y la agarra por la cabeza, hasta que la Perra decide bajarle el zíper y el sexo sale erecto, con fuerza, y se lo pasa por la cara hasta deslizarlo dentro de su boca; de pronto, el Moro, con fuerza brutal, la alza, la inclina obligándola a apoyar la cabeza contra la pared y, desesperado, le baja el pantalón, le recorre con sus manos las nalgas y la espalda, y la penetra violentamente. El Moro acelera los movimientos, el tiempo parece eternizarse; la Perra se muerde la mano para no soltar un quejido de dolor y que él pueda escuchar. Apenas termina el Moro se sube el zíper y con ira y una mueca de asco la golpea con el bastón y la Perra cae en medio de un grito que rebota como un disparo en el techo y en los oídos de cada recluso.

Se retuerce en el piso, pero siente alivio porque ve al Moro alejarse apresurado. Cuando logra reponerse, mira para la ventanita, donde él se aguanta con dificultad de los barrotes. A pesar de todo, sonríe, le dice que ya está acostumbrado a esas salvajadas, hace un gesto de dolor al tocarse un costado, esta vez tuve suerte, y se aleja apoyándose en la pared.

Pasa la noche y los dolores apenas le dejan conciliar el sueño. El Jábico le avisa que el mandante quiere verla. Se niega, dice que está cansada. Jábico la empuja violentamente y casi cae de la cama, quién te has creído que eres, maricón de mierda, si el mandante te necesita tienes que ir. La Perra acepta asustada, dile que ya voy; Jábico sonríe y pide que no se demore o tendrá que regresar y le asegura que no va a gastar palabras. Se aleja y la Perra se pasa las manos por la cara, mira hacia el fondo de la galera, se consuela con que debe asumirlo como un oficio, busca en su jolongo talco y perfume, piensa que pondrá toda su sabiduría para satisfacerlo con la boca y evitar que la penetre.

Desde que entra en las celdas, la Perra camina por el pasillo hasta el fondo donde está la ratonera, para darle los buenos días. Le trae parte de los alimentos que pudo reunir. Él los rechaza; pero ella insiste, tiene que alimentarse. No vale la pena, aquí voy a pudrirme. Y la Perra se pone triste, y da un paso atrás, y con aire marcial, la voz ronca y el dedo índice levantado: al paredón, pero con coraje, que por algo somos descendientes de Mariana Grajales, y él sonríe con ganas, y la Perra lo mira con ternura, porque si eso ocurre lo va a extrañar, dice; se miran serios y cambia la vista, tengo que limpiar.

Por las noches camina intranquila, deseosa de que amanezca para verlo, siente una ansiedad, una angustia que nunca antes había experimentado. Mira por la claraboya hacia la inmensa oscuridad, dibuja su silueta y sus labios. Cierra los ojos y estira el brazo como si pudiera tocarlo, sentir la tersura de su piel y escuchar su risa que se apaga con un grito en la galera ordenando regresar a sus camas. Cuenta las horas y los minutos que pasan desde que la encierran, junto con el resto de los presos que trabajan en el penal, hasta el amanecer.

Cuando los guardias y el Moro se entretienen o duermen la siesta, la Perra aprovecha y le cuenta anécdotas personales, inventa otras. Él le pregunta cuál es su nombre verdadero. La Perra lo mira sorprendida: mi madre me puso Manuel. Entonces te llamaré así. También puedes decirme Manuela o Perra, ya me acostumbré y no me molesta. Él dice que no, las personas tienen su nombre propio para que se les llame de esa manera. Te diré Manuel, y ella lo interrumpe, mi madre es la única que me ha llamado así, desde niño tengo ese apodo porque soy loca de nacimiento; hasta ahora, nunca me había percatado de que tenía un nombre lindo, o será tu manera de pronunciarlo, y él tiene deseos de decirle que no lo joda, que no se equivoque, de mandarlo bien lejos, pero se calla, espera que termine, y piensa que la vida es del carajo, que ese que tiene delante es todo lo que siempre ha rechazado.

Después del almuerzo conversan, le cuenta que la trajeron por travesti, me pongo que paro el tráfico; Dios fue muy injusto conmigo, y se mira el cuerpo con asco, resulta que tengo pelucas, vestidos, tacones, cosméticos, un caminar cadencioso que babea a los hombres y que es envidia de las mujeres, hace un gesto desagradable al pronunciar la palabra: cargo la picha hacia atrás, la escondo entre las piernas, repite el gesto de asco, a veces aprieto tanto los testículos que el dolor me obliga a empinarme más, haciéndome original, llamativa, ligo cuantos hombres quiero, por decenas; nunca dejo que me toquen delante, digo que tengo la regla, siempre escojo lugares incómodos, así evito que me quiten la ropa y me descubran, inicio un juego manual y los masturbo. El último fue un taxista, ya lo tenía acorralado, casi desnudito; su material, que no era nada del otro mundo, en mis manos, mis ojos colgando de sus bolsas, bailando en su bola rosadita, divina, yo estaba tan caliente que no me percaté de que su mano palpaba dentro del blúmer, y lo que sentí fue su gesto de sorpresa, inmediatamente un puñetazo, luego patadas en la calle, la peluca, la cartera y los tacones lejos de mí, ya no era nadie, me había convertido en una bruja cuando me montaron en el carro patrullero; los curiosos se divertían, un verdadero escándalo. Todavía recuerdo aquel momento con terror.

Él pregunta qué día es hoy para interrumpir la conversación, se ha excitado. ¿Te molesta que te cuente estas cosas? Queda sin contestar, mirándolo, busca la manera menos hiriente de decirlo: es que he tenido una educación machista. ¡Como todo hombre de este país que no es homosexual! No es que tenga nada contra ellos, la culpa fue de mi padre que ni siquiera besaba a sus hijos varones, sólo complacía a las hembras. El caso es que siempre he preferido ese tema lejos de mí. La Perra da un paso atrás, sonriendo. Contigo es distinto. Se pone la mano en la cintura: ¿no me consideras uno de ellos? Es que lo nuestro es diferente, una relación humana. ¿Relación? Manuel, hoy te ha dado por jugar. Sí, no te imaginas cuán juguetona puedo ser. Ahora él prefiere no contestarle y hace un gesto de impaciencia. La Perra se pone seria y le pide disculpas, lo último que haría en la vida es molestarte. No pienses que soy cínica, no todos los maricones actúan igual ni les gusta lo mismo; además, a veces, aunque lo duden, también siento como los hombres. Y se va sin poder controlar el meneo de la cintura que el muchacho observa sin querer. Siente los latidos de su sexo; cuando se da cuenta, se asusta primero, después se molesta consigo mismo, se agacha y se golpea la cabeza con las rodillas. Decide masturbarse, busca en su mente los recuerdos lejanos y gastados sin lograr una imagen que lo satisfaga, no puede controlar sus instintos. A veces le llega la imagen de Manuel y lucha desesperadamente por alejarla. Está largo rato pensando la forma de evitar que vuelva a ocurrir.

Al otro día, cuando la Perra lo saluda y saca el pedazo de pan, él se niega, no puedo aceptarte más nada, Manuel. Al principio, la Perra piensa que es un juego o que le da pena porque sabe que es su pan, va a explicarle que ya desayunó, este lo había comprado, pero él hace un gesto para que no siga, es otra cosa: me llegaron comentarios por presos que han entrado en otras celdas, burlas, calumnias que dañan mi imagen de hombría ante el penal, lo siento, no regreses más. La Perra no quiere comprender, se mueve negando incesantemente, ese seguro que es algún bugarrón enamorado, puede ser el Moro, me odia y a la vez no soporta que ningún hombre se me acerque. Él insiste: seré el mayor perjudicado, por favor, entiéndeme, Manuel. Cómo pides que te entienda si eres mi única alegría, nunca tuve un amigo de verdad, me has hecho sentir distinta, útil, desde que te conocí soy otra, anda, no le hagas caso a esos envidiosos, ¡¿sabes cuánto les gustaría tocarme!? Y él continúa negando. Es que no puedo dejar de verte, ya no está en mí, deberías saberlo, este encierro se me ha hecho menos duro desde que tengo tu amistad. Es imposible esta amistad, ignórame. No me digas más que no venga, tú eres el que tiene que ignorar los comentarios. Ya te dije que no, y no voy a ceder. No se puede vivir con la gente. No insistas, vete. No me voy, te contaré las infidelidades de mi madre que es lo que más amo, y verás cómo ahorita se te olvida. No quiero saber nada. La muy puta, comienza con una sonrisa fingida como si no sucediera nada, se echaba los amantes en la propia casa. Él observa su fragilidad, la suavidad con que habla, sus uñas limpias, los labios mojados por una saliva transparente que brota de su lengua tibia, y se va de la ventana, se sienta excitado en el fondo de la celda, se tapa los oídos, no quiere escucharlo, evocar más esas imágenes sucias que lo obligan a no ser como él desea. Mientras mi padre trabajaba, yo era muy niño, ella me hacía dormir la siesta, lo que detesto todavía; sin embargo, son las horas en que más disfruto el sexo; entonces, en silencio, me ponía a mirar a través de las cortinas, el goce se reflejaba en su rostro al ser penetrada, así fue cómo descubrí la atracción por los hombres, por esa vara mágica que nos transforma en yeguas y mariposas, en lodo y viento. Desde el fondo de la ratonera, él grita que se calle, no lo va a oír más. Mi madre se veía más bonita, sensual, y esa mujer dulce y refinada se transformaba en la descocada más gozadora, cambiando las posiciones, hacía desaparecer en su boca aquel trozo de carne sin dejar ni un milímetro afuera, como una maga tragaespadas, hacía de todo, era genial, seguramente desquitándose su insatisfacción con mi padre; terminaba con gritos lujuriosos, entonces yo corría a mi cama hasta escuchar los pasos del hombre y el abrir y cerrar de la puerta. Durante el día la alegría de mi madre se le reflejaba en los ojos y en sus movimientos, y era más cariñosa, se le abría el apetito y bromeaba. La mayoría de sus amantes eran amigos de mi padre que por la noche iban de visita a la casa; obligado por ella los llamaba tíos y me sentaba sobre sus piernas, frotándoles con mis nalgas sus sexos que a veces sentía crecer. Mira al interior de la celda sin poder ver su silueta. Acércate, le dice, vamos a olvidar lo que propusiste, tengo que contarte. Cuando mi madre no recibía sus visitas diurnas, entonces maldecía a mi padre, y me regañaba por las cosas más insignificantes, gritaba: eres insoportable. No me dirigía la palabra, lo mismo que me haces tú, ¿ves por qué no puedo soportarlo?, ¿ahora me darás la razón? Anda, háblame, déjate ver. De pronto siente los pasos del sargento y se apresura, finge que limpia, y este la mira, ve las lágrimas corriéndole por la cara, maricones de mierda, dice, trágicos, y queda merodeando para sorprenderla en algún movimiento con los reclusos y castigarla.

Desde entonces él no se asoma a la ventana, salvo para recoger la comida y a la hora del recuento. A veces siente el trapeador golpeando la pared del pasillo y las puertas de hierro. La Perra busca la forma de que vuelva a aceptar su amistad y se arrepienta y le diga: me he equivocado, Manuel; lo volvería a pronunciar lindo, discúlpame por retirarte la palabra, anda, háblame, yo soy tu amigo, hasta te extraño cuando no vienes.

Han pasado varios días. Al principio fue sólo aburrimiento por no tener con quién entretenerse; después fue algo más, quizá una sensación de injusticia que le crecía por dentro, una lástima, una extraña tristeza que sólo la imagen de Manuel mitigaba. Los ojos se le humedecen y siente rabia consigo mismo, deseos de insultarse, cómo había podido ahuyentar al único ser humano que existía en aquel lugar, a la única persona que lo socorrió arriesgando su seguridad personal; todo por aquel miedo ridículo de confundir a la Perra con una mujer, que hasta podía ser normal por el tiempo que ya llevaba encerrado. Cuando venga a limpiar la celda le dirá que tiene razón, que se ha olvidado de la gente y no le importa lo que hablen, que los demás se pueden ir al carajo, lo que importa es su amistad, ¿verdad, Manuel? Vuelve a recordar sus gestos amanerados, su voz melosa, la manera en que humedece los labios, y sus miradas dulces. Y siente unos intensos deseos de verlo. Escucha unos pasos, con ansiedad se acerca a la ventanita y busca el rostro conocido de Manuel, pero tropieza con la mirada del Moro que sonríe con ironía:

—Qué, ¿pensabas que era la Perra?

Él se aleja en silencio de la ventana.

—La Perra no viene más, la sorprendí entrando alimentos a las celdas y los sargentos decidieron no dejarla salir de su galera –dice el Moro y acerca el rostro ansioso a la ventanita para mirarle el cuerpo–. Se acabaron los romances y las tandas de amor –y se muerde los labios y se relame y le enseña la llave de la celda.

Él continúa en silencio mientras pega la espalda a la pared contraria.

—De ahora en adelante, el que va a venir soy yo.

Telegrama XXII

Estimada madre del recluso, le notifico que su hijo ha perdido el pie derecho en un accidente laboral en cumplimiento de su deber. También le informo que necesita zapato del pie izquierdo.

A la orden, el Reeducador.

Síndrome del nido vacío

Sí, doctor, no puedo distanciarme de esa obsesión del suicidio. En todo momento me sorprendo planificándolo. A veces con soga, otras con pastillas, lanzándome de un edificio, tirándome delante de un carro en marcha, cortándome las venas, y la peor de todas, la que más me horroriza, prenderme fuego. Esa sí me asusta. Un miedo desconocido para mí. Lo único que me detiene es pensar en ellos. Ahora les hago más falta que cuando eran niños. Ahora están más indefensos que cuando eran ingenuos y dóciles. ¿Sabe, doctor?, mis hijos están presos. Tengo una hembra en la prisión de mujeres, y su esposo, que lo quiero como a un hijo, está en la de Valle Grande, y mis dos varones, uno en La Cabaña y otro en el Combinado del Este.

Doctor, le juro que ellos no hicieron nada que merezca esa condena. Son buenos muchachos, y no que lo diga yo, porque las madres nunca ven los defectos de sus hijos; lo dicen los vecinos, sus amigos, todos quienes los conocen, porque eso sí, hemos sido pobres, muy pobres, pero honestos, en eso me he esmerado, doctor, en que no les hagan daño a los demás.

Su delito es el mismo de muchos, compraron una lancha para irse a Miami después del último discurso del presidente Reagan y de que mi familia, que está allá, llamara por teléfono varias veces para que se decidieran, pero cuando lo intentaron fueron sorprendidos. Ahora cumplen sanciones exageradas. Y lloran todo el tiempo y no sé qué hacer para salvarlos de ese injusto encierro. Sus lágrimas me duelen y la impotencia que siento de no poder decir nada que los consuele, me destruye.

La casa me ahoga, doctor. A veces me parece que el techo caerá sobre mí y me veo con las manos cubriéndome la cara. Apenas duermo y cuando lo hago escucho las voces de mis hijos clamando para que los salve de las olas que los cubren.

Sí, doctor, regresaré a mi casa y haré lo que usted me aconseja.

Y salgo de la consulta y me descubro en medio de la avenida y los carros pasan aprisa por mi lado, varios de ellos frenan y algunos choferes me ofenden, pero apenas escucho sus palabrotas.

Cierro los ojos y camino, mis pies avanzan sin detenerse, así me mantengo mucho rato y sudo y miro a las personas porque deseo que comprendan mi angustia, pero nadie repara en mí, todos van tan agitados como yo.

Tropiezo con la puerta de mi casa y al abrir me parece ver las siluetas de mis hijos que sonríen y eso me hace feliz y corro a su encuentro. Ellos caminan de un lado a otro sin advertir mi presencia. Intento tocarlos y sus imágenes se desvanecen. Entonces vuelvo a llorar, algo que me prohibió el médico, pero no puedo soportar la idea de saberlos donde están.

El doctor me aconsejó que liberara energía. ¡Liberar! ¡Claro que sí! Liberarme. Busco el envase y vierto el líquido sobre mi cuerpo y enciendo el fósforo.

Telegrama XVIII

Al recibir estas palabras ya no estaré vivo. No sufran, créanme que es un alivio para mí.

A + B X C

Hoy se acaba la serie nacional de béisbol y el trofeo será mi culo. La galera está dividida en dos bandos: el A, que es el del mandante con su guara, y el B, donde están el Jíbaro y sus paisanos, que esperan que el equipo contrario disminuya la cantidad de hombres con la partida de una cordillera, para adueñarse de la mandancia. Mientras conviven, respetan el alto al fuego, un pacto de no agresión.

Hice entrada a la prisión en la última cordillera, llevo exactamente cinco días encerrado en esta galera. Desde que llegué sentí sobre mí los ojos de todos los bugarrones. Olieron carne fresca y de sus colmillos corrió baba. Lo único que he podido hacer para alejarlos es mantenerme subido en esta litera, apenas bajo de ella. No converso. Nunca intento acercarme a ninguno de los grupos.

Hace varios días que les traen el resultado de cada inning que termina. Un preso viene desde la galera de los trabajadores, que sí tiene televisor, y les dice cómo está el juego, narra con brevedad los acontecimientos más importantes y corre de regreso. Por cada viaje le pagan una caja de cigarros.

Esta noche se decide el campeonato y mi culo, como una medalla, será depositado en los glandes del equipo ganador. Dos días atrás supe el secreto de tan deseado galardón, mi virginidad. Nadie contó conmigo. No vinieron a decirme, ¿usted ofrece su retaguardia para estimular el movimiento deportivo entre los reos? No. Mi opinión la dieron por descontada. Sólo jugaron mi trasero como si no tuviera dueño, como si yo hubiera renunciado a él, y no ejerciera poder de decisión sobre esa zona de mi cuerpo.

Los equipos A y B sueñan con hacerme perder la virginidad. Me darán cabilla toda la noche hasta dejarme desfallecido y en la mañana me llevarán al hospital casi sin vida.

Anteanoche se acercó un representante del equipo C. Nadie sospecha que un tercer grupo, con ansias de poder, se consolida desde la sombra. Están repartidos entre toda la galera para no ser descubiertos. El vocero me dijo que dejara mi inocencia y que pusiera mi culo en remojo pues esos tipos querían probarlo. Al principio no entendí, pero las cosas cuando son del culo, más que del alma, se captan rápido. El miedo se adueñó de mí, aún me mantiene en vilo. No quiero sentir que mi ano es un anillo donde todos meterán pedazos de carne dura y desesperada.

Estuve un rato sin contestar, y mi interlocutor me preguntó si yo era maricón. Rápidamente negué, no por machismo, el miedo fue la causa directa de que saliera en defensa de mis pliegues. Un amigo me dijo una vez que los proctólogos sabían cuándo el esfínter había sido penetrado en sentido contrario, y mencionó el acto contra natura como el tráfico de carne por la vena del peo. En aquel momento me pareció gracioso. Lo cierto es que ahora ni siquiera me preocupaba la desvergüenza futura cuando descubrieran que el mapa de mi culo había sido surcado en dirección inversa. Me sobrecogía el miedo al dolor más que a la humillación.

El tipo del equipo C me extiende una cuchilla hecha con la tapa de una lata de leche. Córtale el cuello al mandante, con eso será suficiente para que salves tu dignidad. Después tira la cuchilla en cualquier rincón, desde ese momento nosotros tomaremos el mando para imponer la disciplina en la galera, desapareceremos el arma y diremos que no vimos nada. Luego, serás parte de la guara y nadie podrá tocarte.

Desde hacía un rato ya no lo escuchaba. En el mismo instante en que capté su propósito quise abandonar la conversación. Supe que los del equipo A y B eran mis enemigos. Pero los del C eran peores. Más que mi hombría querían mi vida, si lograba cortar al mandante, apenas retirara la cuchilla de su cuello, me la quitarían para, con ella misma, saciar su ira contra mi cuerpo. Con toda seguridad, yo moriría antes que el mandante.

Con unas palmadas sobre mi hombro, dio por seguro que yo había entendido lo que debía hacer, interpretó mi silencio como que ya planeaba el asesinato en mi mente.

Un preso dice por la reja que el juego está en la parte alta del noveno inning, y todos me miran. Hay un empate de última hora, y la tensión se redobla, no puedo saber si es por el temor a perder el trofeo o la preocupación de continuar pagando las cajas de cigarros en caso de que fueran a extra-inning.

En mi bolsillo tengo la cuchilla. De cierta forma, saberla allí me da seguridad. Recojo mis pertenencias como si me fuera de cordillera. Creo tener tiempo y comienzo a escribir una carta, pero unas líneas más abajo, desisto. No tengo nada que contar para que mi familia se sienta orgullosa de mí. Prefiero apretar la cuchilla que tengo en el bolsillo.

El preso vuelve a acercarse a las rejas y dice bajito el resultado final del juego. Yo aprovecho y voy a los baños. Cierro la puerta y me agacho. Aprieto la cuchilla, lo suficiente para sentirla segura, tanto que nos fundimos y formamos parte de un solo cuerpo, bien dentro de mí.

Media hora más tarde, tengo los ojos casi cerrados. Me gustaría reír pero no puedo respirar, creo que el susto me lo impide. Apenas veo por debajo de la puerta las piernas del mandante que van de un lado a otro de los baños, buscándome.

Pienso en la sorpresa que se llevará cuando la abra.

Si Dios existe, díganle que yo también.

Envidia

esde lo alto de la cárcel un preso observa hacia la calle. Hace días que se pregunta qué es lo que más le gustaría hacer si fuera libre, pero no ha podido encontrar la respuesta. Sólo mira hacia la calle, a las personas que caminan apuradas por resolver sus problemas.

Un hombre de baja estatura con una jaba en la mano avanza hacia la esquina. Al llegar a la intersección se detiene, mira la hora y decide regresar por la misma dirección; echa a andar, pero se queda inmóvil y se dirige a la esquina de donde había partido segundos antes. Al llegar, luego de un pequeño titubeo, dobla hacia la derecha en dirección a la playa, pero en instantes está otra vez en la esquina, indeciso, y mira hacia los cuatro rumbos que pudiera tomar. Finalmente, cruza la calle, hacia el lado contrario de la playa, hasta que su silueta se le pierde al preso que observa desde lo alto de la prisión.

Entonces el preso regresa a su litera. Y se echa a llorar.

Telegrama XXV

Familiares, se le comunica que a su recluso se le han retirado las tres próximas visitas familiares, por lo que hasta el cuarto mes se mantendrá en celda tapiada. Causa: mala reputación en el penal.

Atentamente, Consejo del Orden Interior.

¡Feliz cumpleaños!

Había tenido dos fallidos intentos de suicidio. Esta noche, después de las doce, cumpliría un año más de vida; pero ya no quería cumplirlos dentro de la galera. Tampoco esperaría a cumplir los años de sanción. La agonía diaria era insoportable. La vida sin libertad no vale vivirla, pensaba una vez tras otra desde que había llegado a la prisión. El único regalo que le pide a Dios, es que le conceda la muerte. Después del aviso de silencio, irá al baño, como otras veces, y cortará por encima de las cicatrices anteriores, aferrando la tapa de leche a su piel, y más por fuerza que por filo, entre en la carne, serruche, hasta sentir el chorro de sangre brotando como en las películas japonesas donde los samuráis se hacen el harakiri.

Primero le parece un chiste cuando alguien se le acerca para decirle lo que pretendían hacer. Luego viene el Mandante y le dice la idea: toda la galera se puso de acuerdo y pudieron reunir veinticinco cajas de cigarros para poder comprar una cena, además de un pedacito de panetela que traerían de la cocina militar.

No supo responder. La sorpresa le rompe los planes. Antes de irse el Mandante le advierte que no lo hiciera quedar mal, que sepa agradecer el gesto de los reclusos.

Queda tan aturdido que después que se va el Mandante, pasa cerca de una hora sin poder hilvanar una idea coherente. Luego siente pena; a pesar de que no desea ninguna cena, menos un reconocimiento por su onomástico; siente vergüenza de abandonarlos, un desprecio hacia el gesto de los reclusos.

Desde su llegada sólo había recibido el enfrentamiento de los más fuertes. En varias ocasiones le robaron los alimentos y aseo que sus familiares le llevaban. Algunos lo habían golpeado. Definitivamente no le importaba a nadie, hasta hoy, que llegó el Mandante con la noticia de ofrecerle una cena por su cumpleaños.

Por su silencio, soportar los golpes y abusos sin protestar, le había hecho ganar el respeto por los otros presos. Callar ante la ofensa. Reprimir los instintos de injuriar ante la humillación, hizo que se ganara una jerarquía ante el Mandante.

Esa noche muchos se acercan para felicitarlo. Entonces olvida el metal que guarda debajo de la colchoneta, y alguna sonrisa deja escapar; sin querer se le olvida la agonía perpetua que arrastró por meses. Escucha algunas historias que le provocan risas. Y siente que es una lástima que no hubiera descubierto a los demás, o ellos a él, porque a pesar de continuar la agonía por la falta de libertad, la necesidad de convivencia con la familia, era en un grado mucho menor.

Cuando llega la hora de dormir, siente paz; la paz que no está acostumbrado y que persigue encontrar cuando haya alcanzado la muerte. Entonces supo que todos están muertos. Son una galera de muertos. Almas que se mantienen dentro de aquel hueco en forma de túnel que los colonizadores construyeron como caballerizas.

En la noche se despierta varias veces, el sueño sereno lo asusta. Al amanecer tiene la sensación de haber estado dormido por una semana. Algunos le dan los buenos días, y hasta el desayuno le llevan a la cama por orden del Mandante.

Luego comienza a leer un libro en dos tomos que le han prestado titulado "Un hombre de Oro", y la lectura le complace porque todo esfuerzo merece una compensación.

En el almuerzo, el Mandante se sienta a su lado, y cuando cruzan la mirada, aquel rostro que conoce bien de hombre diabólico, ya no es el mismo, en cambio, una sonrisa noble lo recibe, come, le dice, hoy no está peor que otras veces; de todas formas, la sorpresa será en la noche, será tu banquete. Y siente la mirada de los demás, una mezcla de envidia y orgullo.

El resto de la tarde vuelve a la lectura, como en los viejos tiempos cuando estaba en libertad. A veces se hace el desentendido, puede ver el movimiento de los preparativos para la cena. Mueven las literas, dejan en el medio de la galera una a la que le quitan las dos tablas del segundo y tercer nivel, sólo dejan la primera tabla que servirá de mesa. Le tienden como un mantel con una sábana nueva. A los lados, ponen dos colchonetas enrolladas que sirven de asientos. En el medio de la mesa una vela.

Cuando empieza a caer la noche, todos se acercan, se mantienen en silencio subido al resto de las literas que los rodea. El Mandante se sienta en una colchoneta. Y le hace una seña para que se acerque. Lo hace lentamente. Con otro gesto le brinda la otra colchoneta que de inmediato ocupa. Sabe que terminará en deuda con el Mandante, con el resto de esos presos que lo verán comer los alimentos que hacen en la cocina militar para los oficiales, y tragarán saliva como el agua del río Almendares.

Alguien se acerca y deposita sobre la litera, ahora improvisada como mesa de un restaurante lujoso, algunos envases plásticos que por estar tapados no pueden verse el contenido. Está nervioso y esconde las manos debajo del mantel.

El Mandante se pone de pie y dice que a pesar de todos sus años de prisión, no había vivido una experiencia similar. Si desgraciadamente se encontraban presos, qué menos podían hacer que intentar lograr una vida mejor y, sobre todo, salvar a un hombre, que luego de dos intentos de suicidio, lo habían descubierto como una persona ejemplar. Su personalidad intachable le había ganado el cariño a todos los presentes. Y el resto de los reclusos comienzán a aplaudir con euforia y gritan su nombre.

Entonces, dice el Mandante, doy por inaugurado el festejo. Y los aplausos acompañan el canto de felicitación, encienden la vela que luego apaga con fuerza y hasta llega a pedir un deseo. Sabe que Dios se acordó de él, después de tantas veces que imploró su ayuda, su presencia en los designios de su existencia.

El Mandante señala que destape la comida, es tu turno, le dice. Y aprueba con emoción y levanta el plástico que cubre el pozuelo. Dentro hay un inmenso rollo. Y el hedor que despide descubre el excremento que alguien depositó allí dentro con esmero y cuidado de no ensuciar los bordes.

El Mandante enseña su risa desbordante y lo señala para acrecentar su papel de ingenuo y ridículo. La peste se hace insoportable. Los ojos se le ponen llorosos aunque no desee que ellos lo vean. El color es repugnante. Vuelve a pensar en la tapa de leche que guarda debajo del colchón. Tiene deseos de correr aunque sus piernas no le respondan. Piensa en Dios.

Hasta que descubre que no es la fetidez ni el color lo que más le molesta de aquella broma, ni sus ademanes, ni toda la mentira alargada por tantas horas. Piensa que no tienen la culpa, es el encierro. No es eso lo más insoportable.

Es la risa de ellos lo único que no les perdona.

Si Dios vive en nosotros, que pena tengo con él.

La despedida

Mi compañero se va hoy en libertad. Y su ausencia me costará la vida. Mañana mi cuerpo frío será trasladado sin apuro a la enfermería, el color en la piel delatará la falta de sangre en las venas. Después que mis enemigos me introduzcan varias veces el pincho, dejarán que expulse hasta la última gota para confirmar que he muerto y a la vez, con la lentitud con que me iré apagando, disfrutarán más su venganza. Nadie se atreverá a llamar a los sargentos para que me auxilien. Todos acatarán la decisión de la mandancia porque no quieren verse en la misma situación que yo.

Sólo de pensar que estoy en vísperas de mi muerte siento un frío que me baja hasta el pecho y comienza a apretarme y me falta el aire y jadeo, y me entra un dolor de cabeza que crece y se agudiza en la medida en que retomo la idea de la inminente partida.

Tengo ganas de llorar por la rabia de quedarme solo, sin su compañía y sin sus cuidados. Perder mi yunta de tantos años es quedarme como manco, con la espalda descubierta, sin la mitad de mi olfato, de mi intuición, del valor para enfrentar a nuestros enemigos, los que hemos cosechado en estos años de caminar por tantas prisiones. Ellos se aprovecharán para arreciar sus ataques contra mí cuando sientan mi debilidad.

Mi amigo espera pegado a los barrotes de la puerta y su rostro se hunde entre ellos con tal fuerza que parece que intenta cruzar por el pequeño espacio que los separa. Su ansiedad lo hace olvidar que debe cuidar su espalda, por eso me mantengo encima de mi litera para avisarle con un chiflido en caso de que intenten atacarlo. Hoy no quiere problemas, es su día de suerte, más importante que el de su nacimiento. Y mira desesperado hacia el patio esperando que el listero y el sargento comiencen a llamar por las galeras de arriba.

El sargento, a duras penas, rescatará a los que se van, golpeados por un ojo, maltratados y con la ropa ajada, embarrados de mierda o con algún pinchazo; y después que estén a salvo, que hayan traspasado la línea que los separa de la desgracia y que sean inalcanzables para los que queden tras las rejas; esos, los que se van, envidiados por el resto del penal, se alejarán llorando, y sus cuerpos se desinflarán, como si los huesos cedieran al peso de tanto miedo a lo que dejan atrás y a lo que tendrán que enfrentar con la libertad.

Pero hoy todavía nada de esto ha sucedido y mi amigo, desde la puerta, no divisa las siluetas del listero y el sargento. Lo único que nos hace saber que estamos cerca del momento más importante del día es el silencio del penal, y no es por gusto: todos los presos esperan un milagro, aunque nosotros mismos no lo creamos porque cada uno conoce la gravedad de sus delitos.

Cuando se está en la cárcel, lo infinito no asusta, lo imposible tampoco. El tiempo sobra, duele, la fatiga de un día de espera alcanzaría para ir a la luna, regresar antes que anochezca, estar presente en el recuento y no ser enviado a la celda de castigo.

Para el preso, perder la esperanza de un milagro es un entierro en vida. Mejor es pensar que todo puede pasar, admitir esa posibilidad, creer en ella alivia: un imprevisto, una equivocación, una coincidencia fortuita, quién sabe. Cada posibilidad imaginada ayuda como un grano de arena en la playa, y se deposita entre todas las variantes posibles con la mayor devoción. Nada se rechaza. Los familiares dan noticias de los pasos del abogado defensor en perenne espera de una respuesta del Tribunal Supremo, de las últimas súplicas para atenuar la sanción con todo ese tiempo que parece enorme, y que nunca podremos soportar. Parte de la familia nos irá olvidando, las esposas buscarán la forma de recomenzar con una nueva pareja, los hijos se acostumbrarán a ver cada mañana las últimas fotos que nos hicimos antes de venir a este encierro y sonreíamos felices.

¿Cómo explicar, explicarles, explicarnos el cambio, el derrumbe de la vida que dejamos? Sólo queríamos tener una familia próspera y no podíamos esperar tantos años para lograrlo, y el delito era la única vía a nuestro alcance para ese posible salto. ¿Quién tuviera la máquina del tiempo? ¿Qué preso no ha pensado mover la palanca con violencia, lo mismo hacia delante que hacia atrás? Lo cierto es que cualquier tiempo será mejor que el presente.

Mi compañero en ningún momento ha reparado en mí. Ya dejé de ser parte de su realidad. Tiene la mirada y el espíritu del otro lado de las rejas y no hay nada que los haga regresar. Aquí apenas ha dejado ese cuerpo maltrecho de tantas malas comidas. Aún sin que él haya salido de la prisión ya soy algo del pasado. Ya no existo en su mente. Me doy cuenta de que la amistad terminó. Ahora lo más importante es su libertad. A cambio de ella sería capaz de pactar con los otros para que me liquiden. Y quizá hasta lo haga él mismo.

Nos conocimos el día que vinieron preguntando quiénes se sabían el alfabeto. Y sólo él y yo levantamos el brazo. De todas formas nos llevaron a las oficinas de la Sección para hacernos una prueba, tuvimos que ordenar alfabéticamente unas tarjetas. En la cola había otros de distintas galeras que también optaban por trabajar. Al final, dejaron a cinco entre los que estábamos nosotros. Él había terminado un técnico medio en refrigeración y yo el segundo año de Construcción Civil. Desde el momento en que nos cruzamos las miradas, sentimos afinidad, que no es más que sentir confianza en el otro, saber que nuestra vida no corre peligro al confiarle la espalda a esa otra mente, es una química extraña que se percibe en los encuentros; pero en prisión la afinidad no es suficiente, si quieres sobrevivir tiene que ocurrir algo más profundo y vital que permita que dos presos decidan defenderse, confiarse el sueño y dormir sin sobresaltos. Cuando nos aseguramos de que la atracción no es por falta de hembra, y de que seríamos leales, nos mudamos a la misma litera. Desde entonces nuestras vidas se volvieron inseparables, fuimos consejeros, hermanos, amigos, madres, guardaespaldas, curas y enfermeros cuando la fiebre nos abrasaba toda la madrugada. Pero ahora mi compañero se ha olvidado de estos años. En apenas unas horas borra el pasado, el sacrificio y el miedo vividos.

Los presos son supersticiosos y ofrecen sacrificios para que su deseo sea otorgado. Conozco de algunos que han aguantado la respiración una decena de minutos en espera de escuchar su nombre; otros se han pellizcado hasta perder un pedazo de la carne, se pegan cigarros encendidos sobre la piel, se muerden la lengua, se entierran agujas en cualquier parte del cuerpo o hacen promesas y dejan de comer, una manera de presionar a sus dioses a quienes acusan de haberlos abandonado.

A los reclusos les gusta saber quiénes salen libres para sumar o restar a su lista personal de acólitos o enemigos. Mi socio espera que mencionen su nombre con las palabras mágicas: «recoge, que te vas». Entonces, según acordamos esta mañana, le alcanzaré con prisa su jolongo para que los otros no tengan tiempo de reaccionar y vengan a joderle la salida por venganza o envidia, y en sólo segundos pueda abandonar la galera y salir sin dificultad al encuentro con su familia.

Mi ecobio sabía que hoy sería el día de su libertad, pero ni a mí, su asere, que hemos enfrentado a media prisión juntos, me lo había dicho. Lo mantuvo oculto hasta hoy en la mañana. Él sabe que cuando se vaya soy hombre muerto; ¿quién vigilará mientras duermo, como yo hacía con él mientras le tocaba su turno de siesta? Todos los dolientes de las muertes que cometimos desde nuestra llegada a prisión, los golpes, pinchazos, los culos que partimos, verán su ausencia como el momento esperado para vengarse de mí.

Desde hace algún tiempo sentía muy raro a mi amigo. Andaba pensando más que de costumbre, pecado mortal para un preso. Los presidiarios viejos sabemos que no hay que revolver los recuerdos porque lo único que logramos es llenarnos de ansiedad y de odio, y con la más pequeña discordia podemos cometer un hecho de sangre; y no es que importe en nuestra conciencia porque mientras permanecemos aquí nos sentimos iguales: muertos en vida, gente sin derechos, esclavos, mala carne almacenada. El preso no tiene tiempo de pensar a la hora de cometer una acción para salvar su honra, perderla es peor que morirse, de nada sirve respirar, comer, sobrevivir es una mentira bien digerida que va en camino de la nada porque los otros reclusos te irán pisando hasta hacerte sentir lo más insignificante. Las muertes se asumen sin indecisión. Cuando el conflicto te elige, te lo ponen delante, sólo existen tres caminos: suicidarse, matar o que te maten. Aquí los muertos son condecoraciones de guerra, una marca que sumas a la empuñadura de tu imaginario revólver; el asesino gana respeto y se distancia de los otros. Después de tanto pensar y leer la Biblia, llegas a la conclusión de que un muerto en prisión pesa igual que un muerto en África o en cualquier otra parte del universo, los periódicos lo publicarán como bajas de guerra. Pero el hecho es el mismo. No hay diferencia entre ser un héroe o un asesino; un internacionalista o un criminal; policía o ladrón. Al final, todos iremos al mismo saco.

Y como no sabía que mi amigo se iría en libertad, me llamaba la atención que pareciera disperso, le preguntaba si le sucedía algo, si tramaba algún ataque a nuestros enemigos. Pero su expresión era de asombro, de espanto, aparentaba que lo menos que deseaba era escucharme; más bien se comportaba como un pendejo, alejado; y yo justificándolo, pensando que era una estrategia para sorprender y hacerlo más interesante.

Lo cierto es que él espera junto a la reja a que pase el listero y mira hacia todas partes desconfiado porque teme que se haya corrido la noticia y le tiendan una trampa. Cuando el enfermero vino a traer las medicinas, él no se apartó de su lado; estuvo todo el tiempo atento a lo que hablaba con los demás para evitar así que pasara la información, lo mismo sucedió con un asmático que el sargento trajo de darse aerosol en la enfermería, mi colega lo saludó efusivo, le puso el brazo por encima del hombro y lo acompañó hasta su cama, se mantuvo un rato con él, conversando de cualquier cosa, esperando que le dijera que ya sabía que se iba en libertad, para entonces golpearlo o en el mejor de los casos, que aceptara algunas prendas de vestir a cambio de su silencio.

Mi amigo y yo siempre nos cuidamos las espaldas, gracias a eso hemos sobrevivido en estos largos años de prisión. El Huevo estuvo mucho tiempo tratando de jodernos, y nos hacía desgastarnos en constantes vigilias día y noche. Yo estaba cansado y mi amigo también. Sabíamos que preso cansado es primo hermano del muerto. Así que tuvimos que idear un plan, pero el Huevo tampoco cejaba en su vigilancia, apenas hacíamos un gesto y ya estaban allí sus ojos como si fueran dardos. Después de conversar con alguien él enviaba a sus secuaces para averiguar qué tramábamos. Era una persecución constante.

Yo anotaba los movimientos del Huevo, eran siempre los mismos: se levantaba bien temprano, iba al lavadero a asearse, con el cuerpo ladeado para en caso de un ataque le diera tiempo a defenderse. No queríamos agregar más años a nuestras condenas, por lo que debíamos hacerlo en un lugar confuso y sin testigos. Luego de asearse, el Huevo volvía a su cama a esperar el desayuno y se mantenía sobre ella toda la mañana. Cuando iba al baño era un perro en acecho. En la fila para el almuerzo se intercalaba entre gente de su guara. En la tarde se subía a su cama, y su vista era un faro dando vueltas dentro de la galera. Para la comida, tomaba las mismas precauciones, y en la noche, alguien de su confianza se mantenía despierto, asegurándose de que no se le acercaran, al menos sin que le dieran la voz de alarma.

Era imposible atacarlo. Parecía no haber un instante que se prestara para quitarnos de encima aquella amenaza que en cualquier momento nos madrugaba, conscientes de que cuando lo hiciera seguramente nos costaría la vida. Y por mucho que leía y releía mis notas con cada paso diario que él daba, no encontraba el momento oportuno. Y mi amigo, que se mostraba apático o inconsecuente con el asunto, pues no manifestaba el más mínimo interés, me dijo de improviso: ya sé cuándo podemos hacerlo. Estuvo de acuerdo conmigo en que no había un minuto oportuno para nuestro atentado; pero sí unos pocos segundos, dijo, y limpió sus dientes con la lengua.

Me mantuve observándolo en espera de que terminara de fraguar su plan, sus ojos daban vueltas y vueltas como si reflejaran un intenso esfuerzo mental. ¡Ya!, dijo. Y lo hicimos justo como lo ideó: sólo teníamos unos segundos para atacarlo mientras se aseaba en la mañana, el instante que mediaba entre cubrir su cara con jabón y luego, con las manos, quitarse la espuma.

Primero estuvimos varios días sin que el Huevo notara que reparábamos en él, nos concentramos en ajustar nuestros cronómetros mentales, pero sin levantar sospechas, y evitábamos que nos sorprendiera con los ojos puestos sobre su espacio en la galera, hacerlo sentir confiado, algo que sabíamos imposible.

Un amanecer, después del recuento, mi amigo me hizo una seña mientras iba sigiloso hacia el baño y allí se mantuvo dentro de una de las letrinas por más de tres horas, sabíamos que el Huevo, después del recuento, volvía a dormirse.

Cuando despertó y fue hacia el baño, desde mi cama me mantuve atento a ese pequeño espacio de tiempo en que tomaría el jabón para frotarlo con las manos. Se lavó la boca, luego cogió el jabón y supe que se enjabonaría la cara. Chiflé en dirección a la puerta para no llamar la atención, pero a su vez el chiflido se escuchaba en el baño que estaba en el lado contrario. Apenas terminé de soltar el aire vi cómo el angular entraba varias veces en el cuello del Huevo que, precisamente, daba la espalda al lugar por donde apareció mi compañero. En medio del desorden, la voz de alarma y el charco de sangre que cubrió el piso, llegaba mi yunta a la litera disimulando, sin el angular en las manos. Lo había tirado en el baño, sin importarle nada, con los trapos que le pusimos en el mango no conservaba sus huellas, y los guardias no se desgastarían en buscar el arma homicida ni descargarían su ira contra los reclusos.

El corazón de mi amigo se le movía en el pecho como si fuera a darle un infarto. Pocos minutos después los guardias vinieron, avisados por los gritos de los presos que eran sus compinches, y lo sacaron rumbo a la enfermería, todos sabíamos que iba bien muertecito.

Nadie se atrevió a delatarnos. Aunque los reeducadores sospecharon, alguien dijo que éramos enemigos jurados y nos teníamos la vida sentenciada, les dijimos que eran comentarios infundados, no seríamos capaces de hacer algo semejante. Nos apretaron, e intimidaron con la idea de fusilarnos si no declarábamos nuestra culpa. Pero ese truco es viejo y no caímos en la trampa como si fuéramos novatos.

Luego no se volvió a mencionar al Huevo, el grupo que lo apoyaba se asiló con los maricones en la Patera o fingió cambiar de bando, o aparentemente aceptaron su inferioridad, porque estos enemigos son leones dormidos, cuando encuentran un líder que los represente vuelven a rugir.

Hoy en la mañana mi compañero no tuvo otra alternativa que decirme su secreto. Lo confesó porque necesita mi ayuda. De lo contrario me enteraría de su partida cuando estuviera del otro lado de la puerta. Hoy más que nunca se convenció de que la prisión es un mundo de «dos», nada puede hacerse sin la ayuda de otro.

Ahora sigue ahí, acechando al listero y al sargento, en espera de que comiencen a llamar a los que se van en libertad. Me mira y puedo leer en sus ojos toda la angustia de no saber si podrá lograrlo. Le conozco ese brillo en los ojos que no es más que el miedo a que le suceda algo que impida su escapada de la galera. No quiere correr el más mínimo riesgo porque sabe que inmediatamente que mencionen su nombre, un grupo lo rodeará para felicitarlo y un brazo cualquiera, una mano desconocida que tendrá el rostro oculto entre los demás, le clavará un pedazo de angular ante la sorpresa de todos, que no sabrán qué hacer con su cuerpo agonizante tendido en el piso.

Como hacía días que él estaba apático, y no teníamos comunicación, sin consultarle nada, anoche le di a otro preso el hierro afilado que siempre tenemos escondido en un rincón del baño para casos de peligro extremo. A cambio de prestárselo me daba varias cajas de cigarros y el desayuno de toda una semana. Así que no perdía nada y se lo presté con la condición de que luego lo pusiera en el mismo lugar de donde lo tomaba. La discusión entre ellos era por un problema de celos, un maricón lo rechazaba para estar con otro y el que vino a pedirme el arma quería quitar del camino al que intentaba arrebatarle la jeva.

Mi amigo sigue en la puerta mientras yo lo cuido. Tengo el deber, la obligación de hacerlo. Le debo gratitud y fidelidad hasta el mismo instante en que ponga los pies fuera de la galera. Quizá no vuelva a verlo. Lo más probable es que no. Y si esta prisión no le fuera suficiente y regresara por otra causa, la posibilidad de que seamos enemigos es segura. La amistad de los presos es poco duradera. Nos separan la envidia o los intereses. Entre nosotros dos no fue así porque supimos concretar las ambiciones, y la más importante, la que prevaleció, fue la de salvar nuestras vidas. Fue un juramento silencioso que nos mantuvo invariables hasta esta mañana cuando me confesó que se iba en libertad.

Mi compañero se va y yo me quedo con más miedo que el peor de los cobardes. Yo pudiera dejar que sus oponentes lo ajusticien a cambio de salvar mi vida. Con sólo avisar, pasar la voz, sería suficiente; pero eso aumentaría mi propia desgracia, no me ayudaría a cambiar el presente. Ellos aparentemente aceptarían el trato, pero no podrían perdonarme. Al contrario, me estaría entregando, abriéndome de patas, demostrándoles mi miedo, preparando mis honras fúnebres.

Hoy, al amanecer, apareció muerto el maricón con varios pinchazos y mi compañero miraba asustado al difunto como si fuera la primera vez que presenciaba algo parecido. Me tenía confundido, y el cadáver fue el detonante que hizo estallar su secreto para buscar mi ayuda. Como un gran cobarde me dijo que aquel muerto lo había aterrado. Que llevaba varias noches soñando con sangre. Que ya no podía mantener su secreto. Que tenía que ayudarlo a salir, sin mí no podría hacerlo; en su jolongo yo debía meter la correspondencia de todos sus años en prisión y que con tanto celo había cuidado, además de los papeles de su petición y la sentencia y echarle toda la ropa; la colcha y la sábana son propiedad del penal y tiene que entregarlas porque si no lo devuelven a la galera. Pero eso yo lo haría en el último momento, alcanzárselo cuando abrieran la puerta para sacarlo, así no sospecharían.

Mientras me daba la noticia, comencé a pensar tantas cosas que apenas podía escucharlo. Miraba su rostro y para mí era un desconocido. Mi amigo siempre alardeaba de ser un tigre, y ahora se mostraba como un conejito tembloroso que necesitaba mis manos para darle calor y cobijo. Hubo un momento en que sentí asco de tenerlo delante; repugnancia por el tiempo compartido sin llegar a conocerlo; su hombría y su coraje se derrumbaban ante mí sin ningún tipo de honor. Su voz era suave por el miedo, le salía rajada por el pánico. Recordé cuántos hombres habíamos despreciado por humillarse de aquella manera. Y con el deseo apremiante de terminar la conversación, y la necesidad de alejarme de él en ese mismo instante, le puse una mano sobre el hombro y le aseguré que tendría todo mi apoyo.

Le di la espalda y fui hacia la letrina. Me acuclillé un rato sin quitarme los pantalones, necesitaba pensar qué sucedería con mi vida. Después de calcular todas las variantes, supe que no escaparía de aquella mala jugada. De cualquier forma mi vida estaba perdida. La única opción era resignarme, si así se le puede llamar a joderse.

Ahora mi ambia, como tantas veces me dijera, está en la puerta y me ha mirado porque el listero y el sargento han comenzado a llamar en las primeras galeras. Sin que se den cuenta bajo de la litera al primer nivel y agarro el jolongo, ordeno las cosas en su interior y luego amarro la boca con un nudo bien fuerte. Le hago una seña para que se quede tranquilo: todo está listo.

Los sargentos se acercan a la compañía que está al lado. Luego de la algarabía y de los halones respectivos a los que se van, siguen para la nuestra. Buscan en la tablilla y al parecer no encuentran nombres para esta galera. Mi amigo alza la cabeza intentando leer también, quiere asegurarse de que no es una equivocación, hoy es su día y no pudo confundirse después de pasarse años repasando la cuenta; pero no se puede descartar que en las oficinas de la prisión se hayan olvidado, saltado su nombre, traspapelado el permiso de libertad. Me mira con esa cara que conozco de tantas veces que hemos estado en peligro. Quiere que lo ayude, pero esta vez no puedo hacer nada. Encojo los hombros tratando de que comprenda mi impotencia. Cuando están a punto de irse para la galera siguiente gritan su nombre, y se aferra a los barrotes, dice que es él y que lo saquen rápido, sin dejar que el listero pronuncie las palabras mágicas: «recoge, que te vas».

Mientras el sargento abre el candado de la reja, y él, desconfiado, busca mi silueta previendo una traición de mi parte, otros aprovechan para saludarlo y forman grupo a su alrededor, lo halan, intentan hacerle soltar los barrotes, pero mi amigo se niega y se aferra cada vez más. Varios enemigos agazapados, a la espera, leales al Huevo y a otros, corren desde el fondo intentando llegar antes de que salga; pero es en vano. La puerta se abre y suelta las manos para sujetar el jolongo que le entrego en el último instante. Con un salto abandona la galera. Yo me aparto de la entrada para que los hombres que llegan con ansias de venganza no la cojan conmigo. Ahora sé cuál es mi lugar y mi posición y me traslado sigiloso a mi cama.

Un preso que duerme cerca de mi pasillo viene asustado porque sabe lo que me espera. Me aconseja que busque un paisano que se arreste conmigo para que ocupe la cama abandonada por mi compañero o pacte con mis enemigos antes de que llegue la hora de dormir. Él, por alguna pequeña comisión, podría prestarse como mediador para salvarme la vida.

—No te preocupes —le aseguro—. Nada me va a pasar.

El otro queda sorprendido, como si yo hubiera perdido el juicio.

—Esta cama siempre será de él, tiene su nombre —le digo—. Y no voy a dejar que nadie con menos valor la toque.

El preso intenta hablar y con un gesto le ordeno permanecer en silencio.

—No te preocupes, lo que sea sonará. Todo está escrito y es imposible de evitar.

Miro hacia la puerta y mi amigo ya no está. Ahora forma parte de la hilera de hombres que arrastran los zapatos con el resuello contenido en sus gargantas, camino a las oficinas del Orden Interior donde les harán sus cartas de libertad. Allí les revisarán sus pertenencias y encontrarán, en el jolongo de mi amigo, el angular con sangre fresca del muerto que sacaron de la galera esta mañana.

(Cuba, 1966)

Narrador literario. Graduado de Dirección de Cine.

Ha ganado los premios Juan Rulfo (1989), que convoca Radio Francia Internacional. En 1995, gana el premio nacional de la Unión Nacional de Escritores y Artistas de Cuba (UNEAC), pero fue retenida su publicación por su visión crítica sobre la realidad cubana en la guerra de Angola. Premio César Galeano (1999) que convoca el Centro Literario Onelio Jorge Cardoso. Premio Alejo Carpentier (2001) que organiza el Instituto Cubano del Libro. Premio Casa de las Américas (2006).

Ha publicado *Sueño de un día de verano* (Cuento, Ediciones UNION, 1998), *Los hijos que nadie quiso* (Cuento, Editorial Letras Cubanas, 2001), *Sur: latitud 13* (Cuento, Emily, 2006), *Dichosos los que lloran* (2006).

Actualmente reside en La Habana.

ÍNDICE

Telegrama I 13
Noche de ronda 14
Telegrama II...20
La celda 21
Telegrama III 30
El francotirador 31
Telegrama IV 33
El juicio 34
Telegrama V 41
El Guajiro..42
Telegrama VI 48
Hambre 49
Telegrama VII 52
Los trabajos y los días 53
Telegrama VIII 60
La madre..61
Telegrama IX...63
La Puerca 64
Telegrama X 76
La Mula 77
Telegrama XI...78
Pabellón..79
Telegrama XII 83
El Padrino 84
Telegrama XIII 89
El ranchero 90
Telegrama XIV 91
El angular 92
Telegrama XV 96
Último ingreso..97
Telegrama XVI 100
La luna, un muerto y un pedazo de pan 101

Telegrama XVII 109

El Manco..110

Telegrama XVIII 111

El juez...112

Telegrama XIX 117

La baba 118

Telegrama XX..122

Victrola...123

Telegrama XXI 125

La Perra...126

Telegrama XXII 141

Síndrome del nido vacío 142

Telegrama XVIII 144

A + B x C 145

Telegrama XXIV 148

Envidia 149

Telegrama XXV 150

¡Feliz cumpleaños! 151

Telegrama XXVI 155

La despedida 156

Del autor...169

EDITORIAL PRIMIGENIOS
CORPUS LÍRICO DE UNA NACIÓN